大师国学经典书系

人间词话

王国维 著
雷原 白金钟 主编
张弘韬 导读

廣東旅游出版社
GUANGDONG TRAVEL & TOURISM PRESS
悦读书·悦旅行·悦享人生
中国·广州

图书在版编目（CIP）数据

人间词话 / 王国维著 ; 雷原 , 白金钟主编 . — 广州 : 广东旅游出版社 , 2021.6
ISBN 978-7-5570-2428-4

Ⅰ . ①人… Ⅱ . ①王… ②雷… ③白… Ⅲ . ①词话 (文学) — 中国 — 近代 Ⅳ . ① I207.23

中国版本图书馆 CIP 数据核字 (2020) 第 267911 号

RENJIANCIHUA
人间词话
王国维 著
雷 原 白金钟 主编

出 版 人：刘志松
责任编辑：方银萍 吴 娟
封面设计：吴彦伯
责任技编：冼志良
责任校对：李瑞苑

广东旅游出版社发行
（广东省广州市荔湾区沙面北街71号首、二层）
邮购电话：020-87348243
深圳市希望印务有限公司印刷
（地址：深圳市坂田吉华路505号大丹工业园A栋二楼）
889毫米 × 1240毫米 32开 7印张 156千字
2021年6月第1版第1次印刷
定价：42.00 元

序

正值中国传统文化复兴之际，雷原教授计划选择一批民国时期的书籍，附之以导读进行出版，我非常支持，很乐意为他的这一出版计划写几句话。

自鸦片战争开始，中国历史在全球范围内展开了一场农耕文化与西方商业文化的较量，历经一百八十年的西风东渐，西方商业文化已主导整个世界。然而西方商业文化主导下的世界矛盾重重，危机四伏，致使全世界也包括中国面临着生态危机、道德危机、异化危机，人类的可持续发展已面临严重威胁。随着对西方商业文化认识的不断加深，人们开始关注东方，希望从中国传统文化中为人类找到出路，这为中国传统文化复兴带来巨大的历史机遇。

然而，面对中国传统文化的复兴事业，许多人在很多问题上存在着疑虑，诸如反转基因农业问题、中医与西医选择问题、市场经济价值规律与“君子喻于义”矛盾问题、对于中国历史文化的批判与继承的关系问题，等等。

这些问题概括起来不外乎：第一，如何认识中华民族几千年来的历史与文化，以“剔除糟粕，取其精华”这种简单化的二分法思维来对待中华几千年以来的历史文化是不行的。传统文化伴随历史的发展变化，有所损益或者创新，不能因为历史上的很多东西不能被今天的现实所用，就说它是糟粕，这种认识有悖于历史，也有悖于中国传统文化述而不作的精神。第二，科学与自然之道的关系问题。也就是说在自然之道与科学之间，我们应视科学为第一原则，还是视自然之道为第一原则呢？第三，在农与商之间，孰主孰次的问题，更确切地讲，在农耕文化与商业文化之间，谁是第一位的？两者兼顾自然是对的，但何者居于主导，何者处于从属？

上述这些问题，如果在今天都能得到深刻的反思，得到明确的答复，我想大概中华传统文化离真正复兴的日子就不远了。历史不能割断，我们不仅要对中华文化几千年之历史进行研究，从对历史的研究中、反思中形成我们今天的思想，还要借鉴历史中曾经有过的类似今天这些问题的研究与成果，使人们能更好地继承前人的经验。踩在前人的肩膀上会使我们少走弯路，也站得更高。

其实民国时期，对上述这些问题就有过争论，诸如科学与玄学的争论，玄学其实就是我们今天讲的自然之道；对于以农立国还是以工立国，也进行了深刻的思辨；还有中国本位还是全盘西化以及社会主义与资本主义之争、民主与独裁之争，等等。

对民国时期人物及其著作进行梳理，有助于促进我们对上述问题的认识，也可以说是认识中国传统文化的捷径。如果能借鉴民国时期的文化思想，一定会对今日中国传统文化的复兴事业大有裨益。也正是基于这一认识，我非常赞同研究民国并出版相关民国的书籍，如果全社会能借助这些书籍对民国时期的思想有一个更深的认识，那么将有助于我们的传统文化早日复兴。

楼宇烈

目录

人间词话

人间词

《人间词话》导读

张弘韬

《人间词话》是我国著名学者王国维的文学评论著作，是我国近代最负盛名的词话，也和《文心雕龙》、“金圣叹点评本”一起成为中国20世纪美学研究的三大热门读物，研究者众多，成果斐然。

一、学贯中西的王国维

王国维，原名国桢，字静安，亦字伯隅，号观堂，又号永观，谥忠悫。1877年生于浙江海宁，1927年6月2日自沉于北京颐和园昆明湖。王氏家庭是书香世家，王国维从小接受了深厚的传统文化教育。1892年7月，参加海宁州岁试，中第二十一名秀才，与陈守谦、叶宜春、诸嘉猷被誉为“海宁四才子”。虽然考中了秀才，但王国维并不热衷举业，不喜科举时文，据说他参加科举考试时“不终场而归”。

1894年甲午战争以后，王国维接触到新文化和新思想，开始追求新学。1898 年，赴上海求学，任职于上海《时务报》。2 月，进入罗振玉的东文学社，学习英语和日语。1900 年在罗振玉的资助及藤田丰八、田岗佐治两位日本教师的帮助下，赴日本东京物理学校学习。次年因病返国，回家养病。从 1901—1906 年，王国维先后任教于南通师范学校、江苏师范学堂等。发表了大量译作，并介绍了大量近代西方学人的著作和先进思想。他自称这一时期是“兼通世界之学术”之“独学”时期，主攻哲学，研究了康德、叔本华、尼采哲学和英法诸家，结合先秦诸子及宋代理学，又攻西方伦理学、心理学、美学、逻辑学、教育学。

三十岁以后，王国维开始转治文学，全面地向国人介绍了托尔斯泰、莎士比亚、但丁、歌德和拜伦等人。同时，王国维还对美学、词学进行研究，写了著名的《人间词话》。他还开始研究甲骨文字，研究新发现的史料，以古文字学为基础，研究古史，涉及古器物、古代书册、服装、建筑等，著述甚丰。他所著的《宋元戏曲考》是我国戏曲研究史的开山之作，被誉为“戏曲史研究上一部带有总结性的巨著”。1923 年春，王国维到北京充任逊帝溥仪的南书房行走并赏“紫禁城骑马”。晚年，他担任清华大学国学研究院导师，与梁启超、赵元任、陈寅恪并称国学院四大导师。

王国维头戴瓜皮小帽，身穿大袍，腰束粗布腰带，还顶着一条辫子，在西学盛行的清华校园里，是那样的特立独行。1927 年 6 月 2 日，他在颐和园昆明湖自沉。王国维的自沉也许并不是偶然，1924 年溥仪被冯玉祥逐出紫禁城时，他就想自杀，被家人劝阻。

1927 年 6 月 2 日，他还像往常一样到办公室工作，并与研究院办公处的侯厚培谈事，然后，借了五元钞票，出了办公室，雇了一辆人力车，前往颐和园。大约上午11时左右，王国维吸完一支烟，跃身头朝下扎入水中，自沉于昆明湖鱼藻轩，终年50岁，留下一封前一日所写下的遗书，说："五十之年，只欠一死。经此世变，义无再辱。我死后，当草草棺殓，即行藁葬于清华茔地。汝等不能南归，亦可暂于城内居住。汝兄亦不必奔丧，因道路不通，渠又不曾出门故也。书籍可托陈（陈寅恪）、吴（吴宓）二先生处理。家人自有人料理，必不至不能南归。我虽无财产分文遗汝等，然苟谨慎勤俭，亦必不致饿死也。五月初二日父字。"可见，他并非仓促寻死。但王国维的死因却众说纷纭，有"殉清"说、"逼债"说、"惊惧"说、"谏阻"说、"文化殉节"说等，也许王国维的自沉并非单纯某一因素造成的，而是多种因素共同作用的结果。

1927年8月14日，王国维被安葬于清华园西柳村七间房。1928年6月3日，王国维逝世一周年忌日，清华立《海宁王静安先生纪念碑》，由陈寅恪撰碑文，林志钧书丹，马衡篆额，梁思成设计。碑铭云："海宁王先生自沉后二年，清华研究院同人咸怀思不能自已。其弟子受先生之陶冶煦育者有年，尤思有以永其念，佥曰宜铭之贞珉，以昭示于无竟。因以刻石之辞命寅恪，数辞不获已，谨举先生之志事以普告天下后世。其词曰：士之读书治学，盖将以脱心志于俗谛之桎梏，真理因得以发扬。思想而不自由，毋宁死耳。斯古今仁圣所同殉之精义，夫岂庸鄙之敢望。先生以一死见其独立自由之意志，非所论于一人之恩怨，一姓之兴亡。呜呼！树兹石于讲舍，系哀思而不忘；表哲人之奇节，诉真宰之茫茫。来世不可知者也。先生之著述，或有时而不章；先生之学说，或有时而可商。唯此独立之精神，自由之思想，历千万祀，与天壤而同久，共三光而永光。"

王国维集史学家、文学家、美学家、考古学家、词学家、金石学家和翻译理论家于一身，一生有著作六十余种，生前就编定《静安文集》《观堂集林》。逝世后，另有《遗书》《全集》《书信集》等出版。

《人间词话》为何名为“人间”呢？这一问题一直众说纷纭。一个观点认为王国维在词中曾多次使用“人间”一词，其词集也命名为《人间词》，则其词话因袭之，命名为《人间词话》。另一说王国维曾用“人间”为号，罗振玉、罗振常、罗庄等人在与王国维交往中都曾多次使用“人间先生”称呼王国维，王国维也曾在《宁极斋乐府》《片玉词》等跋文中署名“人间”。近年来，有学者研究认为王国维使用“人间”一词来源于日本语汇，意为人生。又或认为“人间”一词源于《庄子》的《人间世》，王国维关注人生，与庄子对人生的判断极其相似，所以王国维的“人间”从内涵上渊源于《庄子》，“人间”是“人间世”的简称。总之，“人间”一词是王国维学术中的一个关键词，无论词集还是词话，均以“人间”为名。

王国维从小接受中国传统文化教育，有深厚的国学根基，又接受了西方美学思想的洗礼，以崭新的眼光对待中国传统文化，所以《人间词话》虽然在写法上沿用中国古典传统诗话、词话的写作方式，仍然以笔记体的形式展现，但已融入了西方哲学的观点，从这个角度来说，王国维可以说是较早地走上了吸取西方哲学内涵又有中国特色的文学研究之路。这正是《人间词话》不同于中国传统文艺理论著作的根本之处。但也许正因为如此，王国维尽管对其《人间词话》的基本理论内涵从很多角度进行解说，并举出许多实例，却并不明确，因此引起后人的许多猜测和不同的解说。

二、词以境界为最上

《人间词话》虽然仍是传统笔记体的形式，但已构建出基本的理论体系。其中，境界说是王国维词学理论的核心。卷上第一则就开宗明义，说："词以境界为最上。有境界则自成高格，自有名句。五代北宋之词所以独绝者在此。"此后七则对"境界"的内涵进行了多角度的阐释，第九则颇为自得地说："沧浪所谓兴趣，阮亭所谓神韵，犹不过道其面目，不若鄙人拈出'境界'二字为探其本也。"卷下第十二则又说："言气质，言神韵，不如言境界。有境界，本也。气质神韵，末也。有境界而二者随之矣。"认为严羽的兴趣说、王士祯的神韵说都只是说到事物的表面而已，不如他的"境界说"道出了事物的本源。

那么，境界的内涵到底是什么呢？根据《汉语大词典》，境界有三种含义，一为疆界，土地的界限；二为境况，情景；三指事物所达到的程度或表现的情况，亦特指诗、文、画等的意境。"境界"一词又来源于佛教，《佛学大辞典》释"境界"为"自家势力所及之境土"。《无量寿经》卷上曰："比丘白佛，斯义弘深，非我境界。"宋代严羽《沧浪诗话·诗辩》说："禅家者流，乘有小大，宗有南北，道有邪正，学者须从最上乘，具正法眼，悟第一义。"所谓"最上"，即最上乘，在佛教里谓最高明圆满的教法，又借指文学艺术作品中的最上品。境界是中国古典美学理论的重要概念，中国古代诗歌包括词都非常重视境界。王国维在开篇就开宗明义，借用佛经的概念提出他的词学纲领——"词以境界为最上"。

卷上第二则至第八则，王国维对举出“造境”与“写境”、“有我之境”与“无我之境”、“优美”与“宏壮”、写作材料的“自然”与“虚构”、“景物”与“感情”、境界的“大”与“小”等概念进行解说，第七则词话则举出实例说明作品中的境界是如何进行表现的。卷下第二十九则，又举出一位“有境界”的词人——文天祥，说：“文文山词，风骨甚高，亦有境界。远在圣与、叔夏、公谨诸公之上。亦如明初诚意伯词，非季迪、孟载诸人所敢望也。”补遗第十二则又将境界分为“诗人之境界”和“常人之境界”。由此可知，“境界”一词的含义非常复杂。

1. 造境与写境

王国维从创作方法的角度提出了“造境”与“写境”二者的区别。“有造境，有写境，此理想与写实二派之所由分。”造境指由文学家创造文学的境界，重点在于造，就是创造，是根据现实而虚造的境界。而写境则指现实主义的创作方法，重点在于写，就是摹写，是对现实的摹写与再现。这是王国维对创作方法的粗略分别，但这二者颇难区分，因为“造境”是根据现实而创造出来的，“写境”虽是摹写现实，但仍会融入作者的思想情感和审美倾向。因此他说“大诗人所造之境必合乎自然，所写之境亦必邻于理想”。自然界中的事物，相互之间既存在着联系，又互相限制。当用文学和艺术的手法表现自然界中的事物时，就要摆脱自然界事物的相互关联和相互限制之处，把它独立出来，摆脱与现实的关系。所以叶嘉莹师说：“写实都是会接近理想的。就是说当你把现实写到艺术里边去，它就成了一个单独的艺术的东西。你写那个‘朱门酒肉臭，路有冻死骨’，你把它独立出来，画成一个悲惨的饥民的图画，你就创造了一个艺术品，它就摆脱了现实的具体的限制，而反映了一个战乱的时代，于是写实家也就变成理想家了。”虚构的原意是凌空构作或凭空捏造，又指文艺创作中为概括地表现生活、塑造典型、突出主题而采用的一种艺术手法。我们常说，创作来源于生活又高于生活。也就是说，艺术创作中的虚构是来源于现实生活的，所以王国维说“其材料必求之于自然，而其构造亦必从自然之法律”。从这个角度来说，理想家也就是写实家。

2. 有我之境与无我之境

王国维接受了叔本华的观点，把境界分为“有我之境”和“无我之境”。有我之境是指作品中带有诗人的主观色彩。无我之境则指诗人把主观色彩融入事物当中，达到了物我两忘的境界。“有我之境，以我观物，故物皆著我之色彩。”叔本华《作为意志和表象的世界》第三篇《世界作为表象再论》说：“在歌咏诗和抒情状态中……主观的心境，意志的感受把自己的色彩反映在直观看到的环境上。”有我之境是以我的眼光观察事物，使万物都带上了我的色彩。叶嘉莹师说：“有我之境，是从我的主观感情来看万物，所以万物都带着我自己主观的感情色彩。因为我悲哀，所以我看花也是悲哀的；因为我孤独寂寞，所以我觉得这孤馆斜阳的景色中也都有孤独寂寞。”朱光潜先生则说：“所谓‘以我观物，故物皆著我之色彩’，就是近代美学所谓‘移情作用’。‘移情作用’的发生是由于我在凝神观照事物时，霎时间由物我两忘而至物我同一，于是以在我的情趣移注于物……”“无我之境，以物观物，故不知何者为我，何者为物。”无我之境就是把自己的意志、感情融入景物之中，是一种超脱的境界，分不出什么是我，什么是物。“有我之境”和“无我之境”是王国维境界说中两个重要的概念，是诗歌的两种表现手法和不同境界。王国维说古人写词时写“有我之境”较多，但并不是不能写“无我之境”，像陶渊明、元好问都写出了“无我之境”的好诗词。所以，王国维把他们称为“豪杰之士”，这样的豪杰什么样的境界都能写出来。

王国维还以动、静关系来区分“有我之境”和“无我之境”，说：“无我之境，人唯于静中得之。有我之境，于由动之静时得之。”内心平静，就能写出“无我之境”。

3. 优美与宏壮

王国维在阐释境界说时接受了西方美学关于优美和宏壮的观点，指出“无我之境”和“有我之境”是“一优美，一宏壮也”。他在《古雅之在美学上之位置》中说：“美学上之区别美也，大率分为二种：曰优美，曰宏壮。……前者由一对象之形式，不关于吾人之利害，遂使吾人忘利害之念，而以精神之全力沉浸于此对象之形式中，自然及艺术中普通之美，皆此类也。后者则由一对象之形式，越乎吾人知力所能驭之范围，或其形式大不利于吾人，而又觉其非人力所能抗，于是吾人保存自己之本能，遂超越乎利害之观念外，而达观其对象之形式，如自然中之高山大川、烈风雷雨，艺术中伟大之宫室、悲惨之雕刻像、历史画、戏曲、小说等皆是也。”

4. 真景物真感情谓之有境界

王国维词学思想的另一个核心是“真”，《人间词话》中充满了对“真”的论述。境界不单单指景物，感情也是一种境界。他在《文学小言》中说：“文学中有二原质焉：曰景，曰情。前者以描写自然及人生之事实为主，后者则吾人对此种事实之精神的态度也。”

境界是由景与情二者构成的，是景与情的统一，所以他说："一切景语皆情语也。"真景物、真感情二者是相辅相成、互为表里的。真实地描写景物，准确地表达情感，才是有境界。王国维《文学小言》说："感情真者，其观物亦真。"《屈子文学之精神》又说："诗歌者，感情之产物也。虽其中之想象的原质（即知力的原质），亦须有肫挚之感情为之素地，而后此原质乃显。"真景物真感情，强调了"真"是境界说的重要内涵，只有写"真景物真感情"的词才是"有境界"的词。比如"红杏枝头春意闹"和"云破月来花弄影"两句词就真切而且生动地表述了真实的感受。"红杏枝头春意闹"中"闹"是句眼，表现了开得烂漫缤纷的红杏的密集景象，形象地描绘了红杏怒放的蓬勃生机，表现了作者喜迎春色的欢愉之情，极为传神。张先的《天仙子》借伤春而伤己，表达了词人仕途不得志的抑郁之情。云破月来，本是入夜人静的情调，缀一"弄"字，使静景变得流动起来，在静谧之中增加了动态之美。所以，著"闹"和"弄"两字，就"境界全出"了。

王国维对李煜的评价非常高，原因就在于后主"性情真"。另一位"真"的典型是纳兰容若，比较后主与容若的身世经历，王国维认为都是涉世未深所致。后主是"生于深宫之中，长于妇人之手"，阅世浅、性情真的主观诗人；容若则是"初入中原，未染汉人风气"。最令王国维赞赏的是后主的"赤子之心"，他说："词人者，不失其赤子之心者也。故生于深宫之中，长于妇人之手，是后主为人君所短处，亦即为词人所长处。"李后主多才多艺，诗文、书法、绘画、音律均有很高造诣。他的词继承了晚唐以来花间词人的传统，又受南唐词人李璟、冯延巳等的影响，在内容上以亡国降宋为界分为前后两期。前期的词主要反映宫廷生活和男女情爱，风格旖旎，大抵不脱花间习气；后期的词反映亡国之痛，哀婉凄凉，极富艺术感染力。所以王国维说："尼采谓：一切文学余爱以血书者。后主之词，真所谓以血书者也。宋道君皇帝《燕山亭》词亦略似之。然道君不过自道身世之戚，后主则俨有释迦、基督担荷人类罪恶之意，其大小固不同矣。"血书是以真挚的感情写出来的。王国维说李后主的感情真挚，相比较而言，宋徽宗虽然也有亡国的经历，在被俘后也写了一首《燕山亭》词，但徽宗的词只写了自己的事情，后主却写出了所有的人间悲苦，所以"俨有释迦、基督担荷人类罪恶之意"。

王国维评词也以"真"为标准，卷上第五十六则说：

> 大家之作，其言情也必沁人心脾；其写景也必豁人耳目。其辞脱口而出，无矫揉妆束之态。以其所见者真，所知者深也。诗词皆然。持此以衡古今之作者，可无大误矣。

不论诗词，只要以"真"为标准进行衡量就行了。

不"真"的诗词，被王国维称为"羔雁之具"。"羔雁之具"典出《礼记·曲礼下》："凡挚，天子鬯，诸侯圭，卿羔，大夫雁……"后遂以"羔雁之具"为礼聘之物，王国维这里指应酬无聊之物。他认为诗至唐中叶以后就成为应酬之作了，而五代、北宋之词远盛于诗，到南宋以后，词也成为应酬之作了。所以，"人能于诗词中不为美刺投赠之篇，不使隶事之句，不用粉饰之字，则于此道已过半矣。"不做这样的"羔雁之具"，就能写出有真情实感的好作品。

5. 隔与不隔

王国维还提出了“隔与不隔”的概念，说：

> 白石写景之作，如“二十四桥仍在，波心荡、冷月无声”，“数峰清苦，商略黄昏雨”，“高树晚蝉，说西风消息”，虽格韵高绝，然如雾里看花，终隔一层。梅溪、梦窗诸家写景之病，皆在一“隔”字。北宋风流，渡江遂绝。抑真有运会存乎其间耶？

又说：

> “生年不满百，常怀千岁忧。昼短苦夜长，何不秉烛游”，“服食求神仙，多为药所误。不如饮美酒，被服纨与素”，写情如此，方为不隔。“采菊东篱下，悠然见南山。山气日夕佳，飞鸟相与还”，“天似穹庐，笼盖四野。天苍苍，野茫茫，风吹草低见牛羊”，写景如此，方为不隔。

王国维赞赏的是“不隔”的写景写情之作。

那么，“隔”与“不隔”到底有什么区别呢？

> 问“隔”与“不隔”之别，曰：陶、谢之诗不隔，延年则稍隔矣；东坡之诗不隔，山谷则稍隔矣。“池塘生春草”“空梁落燕泥”等二句，妙处唯在不隔。词亦如是。即以一人一词论，如欧阳公《少年游》咏春草上半阕云：“阑干十二独凭春，晴碧远连云。千里万里，二月三月，行色苦愁人。”语语都在目前，便是不隔。至云“谢家池上，江淹浦畔”，则隔矣。白石《翠楼吟》“此地宜有词仙，拥素云黄鹤，与君游戏。玉梯凝望久，叹芳草、萋萋千里”，便是不隔。至“酒祓清愁，花消英气”，

则隔矣。然南宋词虽不隔处，比之前人，自有浅深厚薄之别。

不论写景还是写情，只要能给人以鲜明生动的真切感受，“语语都在眼前”，就是“不隔”的好诗词。过多地使用“代字”“隶事”或浮而不实的“游词”，都会破坏作品的真意而使读者产生“隔”的感觉。因此，“词忌用替代字”，“意足则不暇代，语妙则不必代。”

6. 境界不以大小分优劣

大小是王国维境界说的内涵之一。所谓境界大，是指意境宏大、格局开阔；境界小，则是指意境精巧，感情细腻。王国维认为境界可根据诗词的描写分大小，但是二者不宜区别高下。比如“细雨鱼儿出，微风燕子斜”和“落日照大旗，马鸣风萧萧”都是杜甫的诗句，前者出自于杜甫在成都草堂时所作的《水槛遣心》，其时，杜甫生活比较安闲，这首诗表现了诗人闲适的心情。诗中既有远景也有近景，远近交替，自然细腻，意境精巧。后者出于杜甫《后出塞五首》之二。《后出塞五首》这组诗是天宝十四载（755）冬安禄山初叛唐时所作，时杜甫当在奉先。这首诗写战士初入军营时的情景。“落日照大旗，马鸣风萧萧”一联写傍晚时分，落日的余晖照在猎猎翻飞的大旗上，战马嘶鸣与萧萧风声交织在一起，大气磅礴，有声有色，构成了一幅生动的暮野行军图。二者一为精巧细致的春景，一为悲壮阔大的边塞行军图。虽然描写的意境有所不同，但二诗均形象生动，与诗人创作时的心情息息相关，所以就有了境界大小的分别，但显然无法区分高下。

7. 三种境界说

三种境界说是王国维对创业、治学之路的阐述，他认为大事业、大学问不是一蹴而就的，而是要经过长期的追求和探索，循序渐进、坚持不懈、百折不挠，经过三个阶段才能实现。此则词话最早出现在写于1906年的《文学小言》，“境界”和“境”在《文学小言》第五条中均作“阶级”。《文学小言》中最后两句是：“未有不阅第一、第二阶级而能遽跻第三阶级者。文学亦然。此有文学上之天才者所以又需莫大之修养也。”《人间词话》作于1908年，把《文学小言》中的一则修改后重新编入《人间词话》，之后又反复引用，充分体现了王国维对这一思想的重视，也是王国维运用西方哲学观点进行中国传统文化研究的重要成果。

王国维《叔本华与尼采》说：“一切俗子因其知力为意志所束缚，故但适于一身之目的。由此目的出，于是有俗滥之画，冷淡之诗，阿世媚俗之哲学。何则？彼等自己之价值，但存于其一身一家之福祉，而不存于真理故也。唯知力之最高者，其真正之价值，不存于实际，而存于理论，不存于主观，而存于客观，耑耑焉力索宇宙之真理而再现之。……彼牺牲其一生之福祉，以殉其客观上之目的，虽欲少改焉而不能。”可以看出，王国维所说的大事业、大学问，并不是世俗的庸俗的学问和事业。

然后，王国维引用了三句词来说明这三种境界。第一种境界是晏殊《蝶恋花》“昨夜西风凋碧树。独上高楼，望尽天涯路”。这首词本是写闺中思妇的，王国维引用这句词加入了自己的感触。天高云淡，西风乍起，碧树凋零，虽然凄冷孤寂，但也引起人们对前途的追求和探索。比喻在创业和治学的初始阶段，必须高屋建瓴，视野开阔，又要认清前路，这就是创业或治学的第一个阶段。

第二种境界是柳永《凤栖梧》（王国维误为欧阳修词）“衣带

渐宽终不悔，为伊消得人憔悴”。这句词本描绘热恋中情侣的相思之情，这里比喻为了追寻自己的理想而不惧艰难险阻，百折不挠的献身精神。

第三种境界是辛弃疾《青玉案》（元夕）“蓦然回首，那人却在、灯火阑珊处。”此句描述上元佳节之日，约会的情人苦苦追寻才相见的情景。这里比喻经过艰苦的探索和追寻，终于获得事业的成功、学术的成就而体会到的欣喜和快慰。

三、词之为体，要眇宜修

作为一本吸收了西方哲学思想的美学理论专著，《人间词话》体现了对艺术的纯粹追求，对词体的特质也有独到的观点。比如卷下第十一则：“词之为体，要眇宜修。能言诗之所不能言，而不能尽言诗之所能言。诗之境阔，词之言长。”“要眇宜修”是什么美呢？王逸《楚辞章句》说“要眇”是“好貌”，就是美好的样子。“修，饰也。”是说这种美是一种精心修饰的美。洪兴祖的《楚辞补注》说“要眇宜修”是从内在到外在的容德之美。王国维说词也具有这种美，能够传达出诗不能表现的美，短短的小词就能给读者丰富的联想，所以说“词之言长”，有非常深厚的内涵。

因此王国维又说：“词之雅郑，在神不在貌。”雅郑原指雅乐和郑声。儒家以郑声为淫邪之音。《论语》说：“郑声淫。”“雅郑”分别指正声和淫邪之音。汉代扬雄《法言·吾子》曰：“或问：交五声十二律也，或雅或郑，何也？曰：中正则雅，多哇则郑。”后来就将雅郑引申为正与邪、高雅与低劣。王国维说看一首词是高雅还是淫邪，不能只看外表，而应该看它内在的精神。又举出许多实例说明词“寄兴深微”，比如卷下第二十一则说：“宋直方《蝶恋花》：‘新样罗衣浑弃却，犹寻旧日春衫著。’谭复堂《蝶恋花》：‘连理枝头侬与汝，千花百草从渠许。’可谓寄兴深微。”直方是宋徵舆的字，这首《蝶恋花》写负心人对被自己抛弃的那段情意的留恋与不舍，以及如今的难堪与悔恨。谭献的《蝶恋花》是写男子追忆当日情事。王国维认为这两首词别有一种“深微”的寄兴。这可能与三者的生存时代相关。宋徵舆生活在明末清初，谭献则生活在清代末年。王国维身处末世，对此应是感同身受，故而有此感慨。

但是，王国维并不赞成过度解读，他说：“固哉，皋文之为词也！飞卿《菩萨蛮》、永叔《蝶恋花》、子瞻《卜算子》，皆兴到之作，有何命意？皆被皋文深文罗织。”皋文，即张惠言。他在《词选序》中说：“传曰：‘意内而言外谓之词。’其缘情造端，兴于微言，以相感动，极命风谣里巷男女哀乐，以道贤人君子幽约怨悱不能自言之情，低徊要眇，以喻其致。盖《诗》之比兴，变风之义，骚人之歌，则近之矣。”意思是说小词有很多言外之意。他的《词选》评温庭筠《菩萨蛮》：“此感士不遇也。篇法仿佛《长门赋》。……‘照花’四句，《离骚》初服之意。”评苏轼《卜算子》（黄州定慧院寓居作）说：“此东坡在黄州作。鲖阳居士云：‘缺月’，刺明微也。‘漏断’，暗时也。‘幽人’，不得志也。‘独往来’，无助也。‘惊鸿’，贤人不安也。‘回头’，爱君不忘也。‘无人省’，君不察也。‘拣尽寒枝不肯栖’，不偷安于高位也。‘寂寞沙洲冷’，非所安也。此词与《考槃》诗极相似。”王国维认为张惠言过度深究，给这些小词增加了很多作者本来没有的意思。

四、一代有一代之文学

王国维在《宋元戏曲史》中就提出“一代有一代之文学”的观点，说：“楚之骚、汉之赋、六代之骈语、唐之诗、宋之词、元之曲，皆所谓‘一代之文学’，而后世莫能继焉者也。”《人间词话》也体现了这 思想，卷上第五十四则曰：“四言敝而有楚辞，楚辞敝而有五言，五言敝而有七言，古诗敝而有律绝，律绝敝而有词。盖文体通行既久，染指遂多，自成习套。豪杰之士，亦难于其中自出新意，故遁而作他体，以自解脱。一切文体所以始盛终衰者，皆由于此。故谓文学后不如前，余未敢信。但就一体论，则此说固无以易也。”指出文学发展的基本趋势是“始盛终衰”，文学随着时代的发展而升降变化，每个时代都有具有其时代特色的文学样式。王国维认为文学在其发展过程中，文体盛衰变化的原因则是：“诗至唐中叶以后，殆为羔雁之具矣。故五代、北宋之诗，佳者绝少，而词则为其极盛时代。即诗词兼擅如永叔、少游者，词胜于诗远甚。以其写之于诗者，不若写之于词者之真也。至南宋以后，词亦为羔雁之具，而词亦替矣。此亦文学升降之一关键也。”一种文体因缺少真意而沦为徒具形式的“羔雁之具”，这就是文体升降的一大关键。

王国维这一思想是在前人的基础上而提出的。他说：

> 陆放翁跋《花间集》，谓：“唐季五代，诗愈卑，而倚声者辄简古可爱。能此不能彼，未易以理推也。”《提要》驳之，谓：“犹能举七十斤者，举百斤则蹶。举五十斤则运掉自如。”其言甚辨。然谓词必易于诗，余未敢信。善乎陈卧子之言曰：“宋人不知诗而强作诗，故终宋之世无诗。然其欢愉愁怨之致，

> 动于中而不能抑者，类发于诗余，故其所造独工。”五代词之所以独胜，亦以此也。

卷下第十八则又说：

> 词家时代之说，盛于国初。竹垞谓：词至北宋而大，至南宋而深。后此词人，群奉其说。然其中亦非无具眼者。周保绪曰：“南宋下不犯北宋拙率之病，高不到北宋浑涵之诣。”又曰：“北宋词多就景叙情，故珠圆玉润，四照玲珑。至稼轩、白石，一变而为即事叙景，使深者反浅，曲者反直。”潘四农（德舆）曰：“词滥觞于唐，畅于五代，而意格之闳深曲挚，则莫盛于北宋。词之有北宋，犹诗之有盛唐。至南宋则稍衰矣。”刘融斋（熙载）曰：“北宋词用密亦疏，用隐亦亮，用沉亦快，用细亦阔，用精亦浑。南宋只是掉转过来。”可知此事自有公论。虽止弇词颇浅薄，潘刘尤甚。然甚推尊北宋，则与明季云间诸公同一卓识也。

此则引述清代数家词论，不仅表明王国维崇尚北宋词的基本立场，也显示了其词学的渊源。竹垞是朱彝尊，是浙西词派的领袖，论词以南宋词为极致，曾广泛影响清初词坛。周保绪即周济，他和潘德舆、刘熙载三家论词都偏尚北宋，将北宋作为词体发展的巅峰时期，并以北宋词为词体典范，但角度略有不同。王国维认为此三家言论渊源于以陈子龙为代表的明末云间词派。

各种文体相较而言各有难易，卷下第六则曰：“散文易学而难工，骈文难学而易工。近体诗易学而难工，古体诗难学而易工。小令易学而难工，长调难学而易工。”在各种文体中，王国维最尊五七言绝句，说：“近体诗体制，以五七言绝句为最尊，律诗次之，排律最下。盖此体于寄兴言情，两无所当，殆有韵之骈体文耳。词中小令如绝句，长调似律诗，若长调之《百字令》《沁园春》等，则近于排律矣。”词是隋唐时兴起的一种新的文学样式。经过长期不断地发展，在宋代达到全盛。最初，词是配合宴乐乐曲而填写的歌诗，按字数多少可大致分为小令、中调和长调（也叫慢词），在词的发展过程中，字数大致从少到多。而词之各体中，王国维认为小令就像绝句一样最尊，而长调就像律诗一样次之。《人间词话》涉及的词作多为小令，这是由王国维的词史观决定的，又与王氏本人的创作有关。翻阅《人间词》可以发现，王国维比较擅长小令，《人间词》中小令占绝大多数，而长调只有寥寥几首。因此有人说，王国维对慢词比较隔膜，对词的做法和传统问题接触不多，是从西方现代美学的角度来考察词的，所以他的“境界说”不仅仅局限于词学问题，对诗学、戏曲甚至小说都有所涉及。也许正因为如此，《人间词话》不只评词，连诗文都有所评论。从《诗经》、楚辞，到晚近诗词，涉及近百位著名作家及其作品。所以，《人间词话》虽然打着词话的旗帜，但实际上王国维却是以词作为例，阐释他的美学、诗学观，有时也以诗、散曲为例，甚至还举出《红楼梦》《水浒传》这样的小说作品。

王国维对历代著名词人的评价总体来说主唐五代北宋而薄南宋，对历代名家，也有一个大致的排序，他在卷下第三十七则说：“《沧浪》《凤兮》二歌，已开《楚辞》体格。然《楚辞》之最工者，推屈原、宋玉，而后此之王褒、刘向之词不与焉。五古之最工者，实推阮嗣宗、左太冲、郭景纯、陶渊明，而前此曹、刘，后此陈子昂、李太白不与焉。词之最工者，实推后主、正中、永叔、少游、美成，而后此南宋诸公不与焉。”意思是说，就楚辞这种文体来说，屈原和宋玉写得最好；五言古诗则阮籍、左思、郭璞、陶渊明写得最好，连之前的曹植和刘桢，之后的陈子昂和李白都不能与之相比；词则李煜、冯延巳、欧阳修、秦观、周邦彦最工。

总而言之，《人间词话》既是我国旧词话的结束，又可说是新词学的开山，既融会了传统词学思想，又引进了西方美学理论。也许正因为如此，《人间词话》虽然提出了很多精当的论调，但有的概念又很模糊。不论怎样，《人间词话》首倡境界说，虽与前代诗论一脉相承，但显然比严羽的兴趣说、王士祯的神韵说要胜出一筹。傅雷在《傅雷家书》中说：“我个人认为中国有史以来，《人间词话》是最好的文学批评。开发性灵，此书等于一把金钥匙。”周振甫也说《人间词话》是“晚清以来论词的最有影响的著作之一”。

人间词话·卷上

一

词[1]以境界[2]为最上[3]。有境界则自成高格[4]，自有名句。五代北宋之词所以独绝者在此。

【注释】

①词：是诗的一种别体，隋唐时兴起的一种新的文学样式。唐五代时，词称为“曲子”或者“曲子词”。宋代进入词的全盛时期。词有很多别称，如近体乐府、长短句、曲子、曲词、乐章、琴趣、诗余等，是配合宴乐乐曲而填写的歌诗。词牌是词的调子的名称，不同的词牌在总句数、句数，每句的字数、平仄上都有规定。在体制上，词与近体诗最明显的区别是：词有词调，大多分片，句式长短不齐，基本上是杂言。

②境界：有三种含义，一为疆界，土地的界限；二为境况，情景；三指事物所达到的程度或表现的情况，亦特指诗、文、画等的意境。境界是中国古典美学理论的重要概念，中国古代诗歌包括词都非常重视境界。

③最上：即最上乘，在佛教里谓最高明圆满的教法。宋代严羽《沧浪诗话·诗辩》说：“禅家者流，乘有小大，宗有南北，道有邪正，学者须从最上乘，具正法眼，悟第一义。”又借指文学艺术作品中的最上品。

④高格：指高超的格调。王国维《文学小言》卷七：“三代以下之诗人，无过于屈子、渊明、子美、子瞻者。此四子者，若无文学之天才，其人格亦自足千古。故无高尚伟大之人格，而有高尚伟大之文学，殆未之有也。”

二

有造境[①]，有写境[②]，此理想与写实二派之所由分[③]。然二者颇难分别，因大诗人所造之境必合乎自然，所写之境亦必邻于理想故也[④]。

【注释】

①造境：指由文学家创造文学的境界。重点在于造，就是创造，是根据现实而虚造的境界。

②写境：指现实主义的创作方法。重点在于写，就是摹写，是对现实的摹写与再现。

③理想：指理想主义的创作方法。写实：也就是我们常说的现实主义的创作方法。

④这是王国维对创作方法的粗略分别，但二者颇难区分，因为“造境”是根据现实而创造出来的，“写境”虽是摹写现实，但仍会融入作者的思想情感和审美倾向。因此他说“大诗人所造之境必合乎自然，所写之境亦必邻于理想”。

叶嘉莹《人间词话七讲》：“所谓‘造境’与‘写境’，是就作者写作时所采用的材料而言的。……其所写的却该都是眼前实有之物，也可以说同是‘写境’之类。……又如‘可堪孤馆’两句虽近于‘写境’，可是秦少游这一首词的前面数句，如‘雾失楼台，月迷津渡，桃源望断无寻处’，其所写之景物就似乎象喻之意多于写实，近于‘造境’而非‘写境’。可见在一篇作品中，乃是可以同时既有‘造境’也有‘写境’的。”简单地说，“造境”“写境”就是看作品取材是出于虚构还是出于自然。

三

有有我之境，有无我之境。“泪眼问花花不语，乱红飞过秋千去”①，“可堪孤馆闭春寒，杜鹃声里斜阳暮”②，有我之境也。“采菊东篱下，悠然见南山”③，“寒波澹澹起，白鸟悠悠下”④，无我之境也。有我之境，以我观物，故物皆著我之色彩。⑤无我之境，以物观物，故不知何者为我，何者为物。⑥古人为词，写有我之境者为多，然未始不能写无我之境，此在豪杰之士能自树立耳。

【注释】

①冯延巳《鹊踏枝》

庭院深深深几许？杨柳堆烟，帘幕无重数。玉勒雕鞍游冶处，楼高不见章台路。　雨横风狂三月暮。门掩黄昏，无计留春住。**泪眼问花花不语，乱红飞过秋千去。**

冯延巳（903—960年），又名延嗣，字正中，五代广陵（今江苏省扬州市）人。南唐著名词人，在南唐烈祖、中主二朝三度入相。五代词人中，冯延巳词作数量最多。学问渊博，多才多艺，有词集《阳春集》传世。宋初《钓矶立谈》评其“学问渊博，文章颖发，辩说纵横”。他的词多写闲情逸致，文人的气息很浓，对宋初词人影响较大。

②秦观《踏莎行》

雾失楼台，月迷津渡，桃源望断无寻处。**可堪孤馆闭春寒，杜鹃声里斜阳暮。** 驿寄梅花，鱼传尺素，砌成此恨无重数。郴江幸自绕郴山，为谁流下潇湘去？

秦观（1049—1100年），字少游，一字太虚，江苏高邮人，号淮海居士。北宋文学家、词人，被尊为婉约派一代词宗。他一生坎坷，宋神宗元丰八年（1085年）37岁时才中进士，43岁才任秘书省正字、国史院编修官。政治上倾向旧党，被卷入党争，哲宗时“新党”执政，随着苏轼等人受牵连，被贬为监处州酒税，徙郴州，编管横州，又徙雷州，至藤州而卒。他与黄庭坚、晁补之、张耒号为“苏门四学士”，颇得苏轼赏识。代表作品有《鹊桥仙》《淮海集》《淮海居士长短句》。

③陶潜《饮酒》之五

结庐在人境，而无车马喧。

问君何能尔？心远地自偏。

采菊东篱下，悠然见南山。

山气日夕佳，飞鸟相与还。

此中有真意，欲辩已忘言。

陶渊明（352或365—427年），字元亮，又名潜，浔阳柴桑（今江西省九江市）人，私谥“靖节”，世称靖节先生。东晋末至南朝宋初期伟大的诗人、辞赋家。曾任江州祭酒、建威参军、镇军参军、彭泽县令等职。最后一次出仕为彭泽县令时，因不愿“为五斗米折腰”，八十多天便弃职而去，从此归隐田园。辞官归隐，是陶渊明一生前后两期的分界线。

是中国第一位田园诗人，被称为“古今隐逸诗人之宗”，有《陶渊明集》。

④元好问《颖亭留别》

故人重分携，临流驻归驾。

乾坤展清眺，万景若相借。

北风三日雪，太素秉元化。

九山郁峥嵘，了不受陵跨。

寒波澹澹起，白鸟悠悠下。

怀归人自急，物态本闲暇。

壶觞负吟啸，尘土足悲咤。

回首亭中人，平林淡如画。

元好(hào)问(1190—1257年)，字裕之，号遗山，太原秀容(今山西忻州)人，金末元初著名文学家、文坛盟主，被尊为“北方文雄”“一代文宗”，其诗、文、词、曲，各体皆工。代表作有《论诗》绝句三十首。

⑤叔本华《作为意志和表象的世界》：“在歌咏诗和抒情状态中……主观的心境，意志的感受，把自己的色彩反映在直观看到的环境上。”王国维显然是受叔本华影响，把境界分为“有我之境”和“无我之境”。有我之境就是以我的眼光观察事物，使万物都带上了我的色彩。

⑥叔本华《作为意志和表象的世界》：“只要我们上升到这些对象的纯客观的观审，并由此而能够产生幻觉，以为眼前只有那些对象而没有我们自己了。……就会作为认识的纯粹主体而和那些对象完全合一。”无我之境就是把自己的意志、感情融入景物之中，是一种超脱的境界，分不出什么是我，什么是物。

四

无我之境，人唯于静中得之。有我之境，于由动之静时得之[①]。故一优美，一宏壮也[②]。

【注释】

①叶嘉莹《人间词话七讲》：“王维有很多诗真是无我之境。就是说，你内心里没有你自己强烈的悲欢喜乐的感情，你现在完全是客观的，所以你能看到那‘人闲桂花落’，能看到那‘白鹭惊复下’。”

②王国维《古雅之在美学上之位置》：“美学上之区别美也，大率分为二种：曰优美，曰宏壮。……前者由一对象之形式不关于吾人之利害，遂使吾人忘利害之念，而以精神之全力沉浸于此对象之形式中。自然及艺术中普通之美，皆此类也。后者则由一对象之形式，越乎吾人知力所能驭之范围，或其形式大不利于吾人，而又觉其非人力所能抗，于是吾人保存自己之本能，遂超越乎利害之观念外，而达观其对象之形式，如自然中之高山大川、烈风雷雨，艺术中伟大之宫室、悲惨之雕刻象，历史画、戏曲、小说等皆是也。”

王国维《叔本华之哲学及其教育学说》：“美之中又有优美与壮美之别。今有一物，令人忘利害关系，而玩之而不厌者，谓之曰优美之感情。若其物不利于吾人之意志，而意志为之破裂，唯由知识冥想其理念者，谓之曰壮美之感情。”

叔本华《世界是意志和表象》：“美是纯粹客观的静观心境。”“如果物象与意志对抗，并以其不可抵抗的力量使得意志感到威胁，或者其不可测量的体积使得意志自惭形秽，但是如果欣赏者……默默静观那些威胁意志的物象……他就充满了崇高感。”

五

自然中之物互相关系，互相限制。然其写之于文学及美术中也，必遗其关系限制之处。故虽写实家亦理想家也。[1]又虽如何虚构之境，其材料必求之于自然，而其构造亦必从自然之法律。故虽理想家亦写实家也。[2]

【注释】

①叶嘉莹《人间词话七讲》：“写实都是会接近理想的。就是说当你把现实写到艺术里边去，它就成了一个单独的艺术的东西。你写那个‘朱门酒肉臭，路有冻死骨’，你把它独立出来，画成一个悲惨的饥民的图画，你就创造了一个艺术品，它就摆脱了现实的具体的限制，而反映了一个战乱的时代，于是写实家也就变成理想家了。”

②叔本华《世界是意志和表象》：“实际的物象几乎总是他们所表现的理念之极不完全的模仿，所以天才就需要想象力以洞察事物。那不是说大自然确已创造出来的事物，而是说大自然企图去创造，但因为事物间自然形式的冲突而未能创造出来的东西。”“天才……不注意事物的联系的知识，他忽略了符合充足理由律的那种事物关系的知识，是为了要在事物中只看它们的理念。”“有人会说，艺术模仿自然而创造了美的东西……这是多么固执而愚蠢的成见啊……美的知识绝不可能纯粹是后天的，它总是先天的，至少有一部分是先天的……只是依赖这种预料，我们才能认识美……这种预料就是理想。因为它得之于先验，至少有一半

是先验的，所以它也是理念。而且它对于艺术具有实用意义，因为它符合并且补充我们通过自然后验地获得的东西。”

王国维《叔本华与尼采》：“美术者，实以静观中所得之实念寓诸一物焉而再现之……而此特别之对象，其在科学中也，则藐然全体之一部分耳，而在美术中则遽而代表其物之种族之全体，空间时间之形式对此而失其效，关系之法则至此而有穷于用，故此时之对象，非个物而但其实念也。”

六

境非独谓景物也，喜怒哀乐亦人心中之一境界。[1]故能写真景物真感情者，谓之有境界。[2]否则谓之无境界。

【注释】

①王国维《文学小言》：“文学中有二原质焉：曰景，曰情。前者以描写自然及人生之事为主，后者则吾人对此种事实之精神的态度也。”“‘燕燕于飞，差池其羽’。‘燕燕于飞，颉之颃之’。‘睍睆黄鸟，载好其音’。‘昔我往矣，杨柳依依’。诗人体物之妙，侔于造化，然皆出于离人孽子征夫之口，故知感情真者，其观物亦真。”

②王国维《文学小言》：“感情真者，其观物亦真。”《屈子文学之精神》：“诗歌者，感情之产物也。虽其中想象的原质，亦须有肫挚之感情为之素地，而后此原质乃显。”

七

“红杏枝头春意闹”。著一“闹”字而境界全出。[1]“云破月来花弄影”。著一“弄”字而境界全出矣。[2]

【注释】

①宋祁《玉楼春》（春景）

东城渐觉风光好，縠皱波纹迎客棹。绿杨烟外晓寒轻，**红杏枝头春意闹。**浮生长恨欢娱少，肯爱千金轻一笑？为君持酒劝斜阳，且向花间留晚照。

宋祁（998—1061年），字子京，小字选郎，北宋著名文学家、史学家、词人。宋祁与其兄长宋庠有文名，并称“二宋”。诗词语言工丽，因其《玉楼春》词“红杏枝头春意闹”句，世称“红杏尚书”。曾与欧阳修等合修《新唐书》。嘉祐六年（1061年）卒，谥景文。

②张先《天仙子》（时为嘉禾小倅，以病眠，不赴府会）

水调数声持酒听，午醉醒来愁未醒。送春春去几时回？临晚镜，伤流景，往事后期空记省。　　沙上并禽池上暝，**云破月来花弄影。**重重帘幕密遮灯。风不定，人初静，明日落红应满径。

张先（990—1078年），字子野，乌程（今浙江湖州）人。因尝知安陆，人称张安陆。诗句精工。《古今诗话》中说：“有客谓子野曰：‘人皆谓公张三中，即心中事、眼中泪、意中人也。’子野曰：‘何不曰之为张三影？’客不晓。公曰：‘云破月来花弄影’‘娇柔懒起，帘幕卷花影’‘柳径无人，堕絮飞无影’，此余生平所得意也。”后来，张先就被称为“张三影”。

关于这两句词，还有一则趣事。胡仔《苕溪渔隐丛话》中记载：“张子野（张先）郎中以乐章擅名一时。宋子京（宋祁）尚书奇其才，先往见之，遣将命者，谓曰：'尚书欲见"云破月来花弄影"郎中乎？' 子野屏后呼曰：'得非"红杏枝头春意闹"尚书邪？' 遂出，置酒尽欢。盖二人所举，皆其警策也。"

刘熙载《艺概·词曲概》："词中句与字，有似触著者，所谓极炼如不炼也。晏元献'无可奈何花落去'二句，触著之句也。宋景文'红杏枝头春意闹'，'闹'字，触著之字也。"

八

境界有大小，不以是而分优劣。"细雨鱼儿出，微风燕子斜"[①]，何遽不若"落日照大旗，马鸣风萧萧"[②]。"宝帘闲挂小银钩"[③]，何遽不若"雾失楼台，月迷津渡"[④]也。

【注释】

①杜甫《水槛遣心》二首之一

去郭轩楹敞，无村眺望赊。

澄江平少岸，幽树晚多花。

细雨鱼儿出，微风燕子斜。

城中十万户，此地两三家。

②杜甫《后出塞五首》之二

朝进东门营，暮上河阳桥。

落日照大旗，马鸣风萧萧。

平沙列万幕，部伍各见招。

中天悬明月，令严夜寂寥。

悲笳数声动，壮士惨不骄。

借问大将谁？恐是霍嫖姚。

③秦观《浣溪沙》

漠漠轻寒上小楼，晓阴无赖似穷秋。淡烟流水画屏幽。

自在飞花轻似梦，无边丝雨细如愁。**宝帘闲挂小银钩。**

④此为秦观《踏莎行》句，见第三则【注释】②。

九

严沧浪《诗话》①谓："盛唐诸公，唯在兴趣②。羚羊挂角，无迹可求。③故其妙处，透彻玲珑，不可凑泊。④如空中之音、相中之色、水中之影、镜中之象，⑤言有尽而意无穷。"余谓：北宋以前之词，亦复如是。然沧浪所谓兴趣，阮亭所谓神韵，⑥犹不过道其面目，不若鄙人拈出"境界"二字为探其本也。⑦

【注释】

①严沧浪：即严羽（约1192—1197年），字丹丘，一字仪卿，自号沧浪逋客，世称严沧浪。福建邵武人。南宋诗论家、诗人。一生未曾出仕。著有《沧浪诗话》，以禅喻诗，强调"妙悟"，论诗标榜盛唐，批评了当时以文字、才学、议论为诗的弊病，对江西诗派尤其不满，对明清诗歌评论影响颇大。

②严羽提出了"兴趣说"。这里所说的"兴趣"，不是通常所说的兴致，或由爱好而产生的愉快情绪，而是指文学作品和艺术创作中的情趣、情

韵。所谓“盛唐诸公，唯在兴趣”是说盛唐的诗人着重诗的意趣。

③羚羊挂角，无迹可求

《埤雅•释兽》:“传说羚羊夜眠防患，以角悬树，足不着地，无迹可寻。”传说中有一种羚羊，头上有两只弯弯的大角。到了夜间，它为摆脱猛兽的追捕，就跑到大树下面，然后高高跃起，用角挂在树枝上。这样，追捕它的猛兽就一下子失去了羚羊的踪迹，既看不到它的踪影，也闻不到它的气息，又怎么会知道羚羊挂在树上呢？后人用“羚羊挂角，无迹可求”比喻诗文意境超脱，不着形迹。

④透彻玲珑，不可凑泊

凑泊，就是凝合，聚合。《景德传灯录•慧寂禅师》曰：“我今分明向汝说圣边事，且莫将心凑泊，但向自己性海如实而修。”“透彻玲珑，不可凑泊”是用晶莹光洁、玲珑剔透的美玉来比喻盛唐诗的浑然天成，水乳交融，毫无人工雕琢的痕迹。

⑤空中之音、相中之色、水中之影、镜中之象

相是指事物的外在表现，也是佛教用语。“空中之音、相中之色、水中之影、镜中之象”是用空中的声音、事物的颜色、水中的影子、镜中的形象四种比喻说明诗文的涵义不是字面上的意思，而是言有尽而意无穷。我们读诗文也不能只看其字面的意思，而要领会其中的深意。

⑥阮亭：即王士祯（1634—1711 年），原名王士禛，字子真，一字贻上，号阮亭，又号渔洋山人，世称王渔洋，谥文简。山东新城（今桓台县）人，常自称济南人。清初著名的诗人、文学家，诗论创“神韵”说，有《池北偶谈》《古夫于亭杂录》《香祖笔记》等。

神韵：指文艺作品的情趣韵致。王士祯继承严羽“兴趣”说，提倡“神韵”，认为诗歌创作要“兴会超妙”“兴会神到”，讲究自然风韵，清新淡远。

⑦顾随《论王静安》："严之兴趣在诗前，王之神韵在诗后，皆非诗之本体。诗之本体当以王静安所说为是。王静安所谓境界，是诗的本体，非前非后。境界是'常'，即'常'即'玄'。境界者，边境、界限也，过则非是。诗有境界，即有范围。其范围所有之'含'（包藏含蓄），如山东境界内有水有人……合言之为山东。"又《稼轩词说》："王静安先生论词首拈境界，甚为具眼。神韵失之玄，性灵失之疏，境界云者，兼包神韵与性灵，且又引而申之：充乎其类者也。渔洋论诗力主神韵，静安先生独标境界，且以为较神韵为探其本，苦水则谓境界可以包神韵，而神韵者不过境界之一种，倒不可曰境界即神韵，譬之马为畜，而畜非马也。"

十

太白[1]纯以气象胜。"西风残照，汉家陵阙"[2]，寥寥八字，遂关千古登临之口。[3]后世唯范文正之《渔家傲》[4]，夏英公之《喜迁莺》[5]，差足继武，然气象已不逮矣。[6]

【注释】

①李白（701—762年），字太白，号青莲居士，又号"谪仙人"，被誉为"诗仙"，唐代伟大诗人，与杜甫并称为"李杜"。代表作有《行路难》《蜀道难》《将进酒》等，有《李太白集》。

②李白《忆秦娥》

箫声咽，秦娥梦断秦楼月。秦楼月。年年柳色，灞陵伤别。

乐游原上清秋节，咸阳古道音尘绝。音尘绝。**西风残照，汉家陵阙。**

周汝昌《千秋一寸心——周汝昌讲唐诗宋词》："立一向之西风，沐满川之落照，而入我目者，独有汉家陵阙，苍苍莽莽，巍然而在。当此之际，乃觉凝时空于一点，混悲欢于百端，由秦娥一人一时之情，骤然升华而为吾国千秋万古之心。盖自秦汉以逮隋唐，山河缔造，此地之崇陵，已非复帝王个人之葬所，乃民族全体之碑记也。良人不归，汉陵长在。”

③黄升《花庵词选》：“二词（指李白《菩萨蛮》《忆秦娥》）为百代词曲之祖。”陈廷焯《白雨斋词话》：“太白《菩萨蛮》《忆秦娥》两阙，神在个中，音流弦外，可以是为词中鼻祖。”

李白《菩萨蛮》

平林漠漠烟如织，寒山一带伤心碧。暝色入高楼，有人楼上愁。

玉阶空伫立，宿鸟归飞急。何处是归程？长亭更短亭。

④范仲淹《渔家傲》（秋思）

塞下秋来风景异，衡阳雁去无留意。四面边声连角起。千嶂里，长烟落日孤城闭。　浊酒一杯家万里，燕然未勒归无计。羌管悠悠霜满地。人不寐，将军白发征夫泪。

范仲淹（989—1052年），字希文，吴县（今江苏苏州）人。北宋著名政治家、文学家。仁宗时，官至参知政事（相当于副宰相），卒谥文正，世称范文正公。有《范文正公文集》。其《岳阳楼记》中名句“先天下之忧而忧，后天下之乐而乐”“不以物喜，不以己悲”至今仍经常被引用。

⑤夏竦《喜迁莺》

霞散绮，月垂钩，帘卷未央楼。夜凉银汉截天流，宫阙锁清秋。

瑶台树，金茎露，凤髓香盘烟雾。三千珠翠拥宸游，水殿按凉州。

夏竦（sǒng，985—1051年），字子乔，江州德安（今江西德安县）人。北宋文学家，卒赠太师中书令，谥文庄。据《青箱杂记》卷五记载：“景德中，夏公初授馆职，时方早秋，上夕宴后庭，酒酣，遽命中使诣公索新词。

公问：‘上在甚处？’中使曰：‘在拱宸殿按舞。’公即抒思，立进《喜迁莺》词。”

⑥差：较，稍微，尚。武：半步，泛指脚步，足迹。继武：原意为足迹相连，比喻继续他人的事业。这里是指勉强能继承李白的词。

十一

张皋文[1]谓：飞卿[2]之词“深美闳约”[3]。余谓：此四字唯冯正中[4]足以当之。刘融斋[5]谓：飞卿“精妙绝人”[6]，差近之耳。

【注释】

①张皋文：即张惠言（1761—1802年），字皋文，号茗柯，江苏武进（今常州）人。清代词人、散文家。治经学，与惠栋、焦循并称为“乾嘉易学三大家”。又是常州词派的开创者，辑有《词选》，著有《茗柯文集》，强调“比兴寄托”，提出词要缘情造端，词作应该重视内容。

②飞卿：即温庭筠（约801—866年），本名岐，字飞卿，太原祁（今山西祁县）人。晚唐时期诗人、词人。唐初宰相温彦博之裔孙。诗与李商隐齐名，并称“温李”。词与韦庄齐名，并称“温韦”。后人辑有《温飞卿集》及《金奁集》。其词注重文采和声情，被尊为“花间词派”之鼻祖。

③张惠言《词选序》：“自唐之词人，李白为首，其后韦应物、王建、韩翃、白居易、刘禹锡、皇甫松、司空图、韩偓并有述造，而温庭筠最高，其言深美闳约。”

叶嘉莹《人间词话七讲》：“张惠言曾赞美温庭筠的词‘深美闳约’，

就是说他的词里面有很深刻的意思，而且外表的语言非常美，‘闳’是内容范围很广，‘约’是他说得很含蓄。所以深、美、闳、约这四个字的赞美，对温庭筠来说实在是很高的评价。”

④冯正中：即冯延巳，参见第三则【注释】①。

⑤刘融斋：即刘熙载（1813—1881 年），字伯简，号融斋，晚号寤崖子，江苏兴化人。著名的文艺理论家和语言学家。有《艺概》《昨非集》《四音定切》《说文双声》等著作。

⑥刘熙载《艺概》卷四《词曲概》："温飞卿词精妙绝人，然类不出乎绮怨。"

十二

"画屏金鹧鸪"[①]，飞卿语也，其词品[②]似之。"弦上黄莺语"[③]，端己[④]语也，其词品亦似之。正中词品，若欲于其词句中求之，则"和泪试严妆"[⑤]，殆近之欤？

【注释】

①温庭筠《更漏子》

柳丝长，春雨细，花外漏声迢递。惊塞雁，起城乌，**画屏金鹧鸪。**

香雾薄，透帘幕，惆怅谢家池阁。红烛背，绣帘垂，梦长君不知。

②词品：词的品格。

③韦庄《菩萨蛮》其一

红楼别夜堪惆怅，香灯半卷流苏帐。残月出门时，美人和泪辞。

琵琶金翠羽，**弦上黄莺语。**劝我早归家，绿窗人似花。

诗词中描写乐器乐声的名句很多，这句"弦上黄莺语"和白居易的"间关莺语花底滑”（《琵琶行》）、杜牧的“绿树莺莺语”（《为人题赠二首》其二）都是描绘琵琶的声音。王国维借“弦上黄莺语”一句来形容韦庄词清丽爽朗的艺术风格。

④韦庄（约 836—约 910 年），字端己，长安杜陵（今陕西省西安市附近）人，晚唐诗人、词人，五代时前蜀宰相，卒谥文靖。工诗，其诗多以伤时、感旧、离情、怀古为主题，词风清丽。与温庭筠并称“温韦”，同为“花间派”代表作家。

⑤冯延巳《菩萨蛮》

娇鬟堆枕钗横凤，溶溶春水杨花梦。红烛泪阑干，翠屏烟浪寒。

锦壶催画箭，玉佩天涯远。**和泪试严妆，**落梅飞晓霜。

十三

南唐中主[1]词“菡萏香销翠叶残，西风愁起绿波间”[2]，大有众芳芜秽[3]，美人迟暮之感[4]。乃古今独赏其“细雨梦回鸡塞远，小楼吹彻玉笙寒”[5]，故知解人正不易得[6]。

【注释】

①南唐中主：李璟（916—961 年），字伯玉，词人，五代十国时南唐第二位皇帝。后削去帝号，改称国主，即南唐中主。存词五首，感情真挚，风格清新，语言不事雕琢。

②李璟《浣溪沙》

菡萏香销翠叶残，西风愁起绿波间。还与韶光共憔悴，不堪看。

细雨梦回鸡塞远，小楼吹彻玉笙寒。多少泪珠无限恨，倚阑干。

③屈原《离骚》："余既滋兰之九畹兮，又树蕙之百亩。畦留夷与揭车兮，杂杜衡与芳芷。冀枝叶之峻茂兮，愿俟时乎吾将刈。虽萎绝其亦何伤兮，**哀众芳之芜秽。**"意思是他并不因兰花蕙草的干枯而伤悲，却为众芳芜秽而哀伤。

④屈原《离骚》："日月忽其不淹兮，春与秋其代序；惟草木之零落兮，**恐美人之迟暮。**"是说时光流逝，秋天到来了，由草木的凋零联想到美人的衰老。

⑤马令《南唐书》卷二十一《冯延巳传》："元宗乐府词云：'小楼吹彻玉笙寒。'延巳有'风乍起，吹皱一池春水'之句，皆为警策。元宗尝戏延巳曰：'吹皱一池春水，干卿何事？'延巳曰：'未如陛下小楼吹彻玉笙寒。'元宗悦。"

又胡仔《苕溪渔隐丛话》前集卷五十九引《雪浪斋日记》："荆公问山谷云：'作小词曾看李后主词否？'云：'曾看。'荆公云：'何处最好？'山谷以'一江春水向东流'为对。荆公云：未若'细雨梦回鸡塞远，小楼吹彻玉笙寒'。"（按：王安石误元宗为后主。）

十四

温飞卿之词，句秀也[①]。**韦端己之词，骨秀也**[②]。**李重光之词，神秀也**[③]。

【注释】

①温飞卿：即温庭筠。他的词被认为时有佳句，篇章结构却略逊一筹。

②韦端已：即韦庄。韦庄词多直抒胸臆，不事堆砌，词意连贯，所以层次

分明，脉络清晰，故被称为骨秀。

③李重光：即李煜（937—978 年），南唐中主李璟第六子，初名从嘉，字重光，号钟隐、莲峰居士，是南唐最后一位国君。开宝四年（971 年），宋太祖灭南汉，李煜去除唐号，改称“江南国主”。太平兴国三年（978 年），死于汴京，世称南唐后主、李后主。李煜多才多艺，诗文、书法、绘画、音律，均有很高造诣。其词存世三十余首，前期词主要反映宫廷生活和男女情爱，风格绮丽柔靡，不脱花间习气；后期词由于国破家亡，转变极大，题材广阔，反映亡国之痛，哀婉凄凉，含意深沉。

李煜的词语言形象，高度概括，直指人心灵深处，故被称为神秀。

十五

词至李后主而眼界始大，感慨遂深，遂变伶工之词而为士大夫之词。[①]周介存[②]置诸温韦之下，可谓颠倒黑白矣。“自是人生长恨水长东”[③]，“流水落花春去也，天上人间”[④]。《金荃》《浣花》[⑤]，能有此气象耶？

【注释】

①叶嘉莹《人间词话七讲》：“词在起源时是配合音乐来歌唱的，是文人诗客写给歌女演唱的歌词，可称作‘歌词之词’。后来作者多了，这些诗人不再像‘歌词之词’那样仅仅是在娱乐时为歌女所写，而是在词里表达自己的思想感情，回归直接自叙的主体性，这样的词可称作‘诗化之词’。还有一类词，作者用理性的思索和精巧的安排来写词，而不再像前两类词的作者那样只凭胸中直接的感发来写词，这样的词可称作‘赋

化之词’。”

②周介存：即周济（1781—1839年），字保绪，一字介存，号未斋，晚号止庵。江苏荆溪（今江苏宜兴）人，清朝词论家。著有《味隽斋词》和《止庵词》各一卷，《词辨》十卷，《介存斋论词杂著》一卷，辑有《宋四家词选》。周济《介存斋论词杂著》：“李后主词，如生马驹，不受控捉。毛嫱、西施，天下美妇人也。严妆佳，淡妆亦佳，粗服乱头，不掩国色。飞卿，严妆也；端己，淡妆也；后主则粗服乱头矣。”

③李煜《乌夜啼》

林花谢了春红，太匆匆。无奈朝来寒重晚来风。

胭脂泪，留人醉。几时重？**自是人生长恨水长东。**

④李煜《浪淘沙》

帘外雨潺潺，春意阑珊，罗衾不耐五更寒。梦里不知身是客，一晌贪欢。

独自莫凭栏，无限江山，别时容易见时难。**流水落花春去也，天上人间。**

⑤《金荃》：温庭筠的词集名，已佚。现存温词，始见于《花间集》收录的六十六首。此处以“金荃”借指温庭筠词。

《浣花》：韦庄的诗集名，今传十卷，均为古近体诗。其词无专集，散见于《花间集》《尊前集》和《全唐诗》等总集中，王国维、刘毓盘辑为《浣花词》一卷，共计五十余首。此处以“浣花”借指韦庄词。

十六

词人者，不失其赤子之心[1]者也。故生于深宫之中，长于妇人之手，是后主为人君所短处，亦即为词人所长处。[2]

【注释】

①赤子之心：赤子，指初生的婴儿。赤子之心比喻像婴儿一样心地纯洁善良。《孟子·离娄下》："大人者，不失其赤子之心者也。"《道德经》第五十五章："含德之厚，比于赤子。"

袁枚《随园诗话》："余常谓：诗人者，不失其赤子之心者也。"

王国维《叔本华与尼采》引叔本华《世界是意志和表象》："天才者，不失其赤子之心也……赤子能感也，能思也，能教也。其爱知识也，较成人为深。而其受知识也，亦视成人为易……故自某方面观之，凡赤子皆天才也。又凡天才，自某观点之皆赤子也。"

②后主，指李煜。此处说后主是"生于深宫之中，长于妇人之手"，他长期生活于深宫之中，远离广阔的社会生活。前期词主要写宫廷生活，后期词则多抒发亡国之悲。题材狭窄，正是后主词的短处，但正因如此，才能深入开掘，写出后主独有的深沉悲慨。从这个角度来说，也可说是后主词的长处。

十七

客观之诗人，不可不多阅世[①]。阅世愈深，则材料愈丰富愈变化，《水浒传》《红楼梦》[②]之作者是也。主观之诗人，不必多阅世。阅世愈浅，则性情愈真，李后主是也。

【注释】

①阅世：就是经历世事。

②《水浒传》：四大名著之一，明施耐庵著。《红楼梦》：四大名著之一，

清曹雪芹著。

十八

尼采谓：一切文学余爱以血书者。[1]后主之词，真所谓以血书者也。宋道君皇帝[2]《燕山亭》[3]词亦略似之。然道君不过自道身世之戚，后主则俨有释迦、基督担荷人类罪恶之意，其大小固不同矣。[4]

【注释】

①尼采（1844—1900年），德国著名哲学家、语言学家、文化评论家、诗人、作曲家、思想家，被认为是西方现代哲学的开创者。主要著作有《权力意志》《悲剧的诞生》《查拉图斯特拉如是说》等。尼采《苏鲁支语录》说："凡一切已经写下的，我只爱其人用血写的书。用血写书，然后你将体会到，血便是经义。"

②宋道君皇帝：即宋徽宗（1082—1135年），名赵佶。靖康二年（1127年）北宋沦亡后，与其子钦宗俱被掳北迁。崇奉道教，自称教主道君皇帝。工书画，创"瘦金体"，通音律，善填词，可与南唐李后主媲美。

③宋徽宗《燕山亭》（北行见杏花）

裁翦冰绡，轻叠数重，淡著燕脂匀注。新样靓妆，艳溢香融，羞杀蕊珠宫女。易得凋零，更多少无情风雨。愁苦。闲院落凄凉，几番春暮。　凭寄离恨重重，这双燕何曾，会人言语。天遥地远，万水千山，知他故宫何处。怎不思量，除梦里有时曾去。无据。和梦也新来不做。

④释迦：即释迦牟尼，佛祖。基督：即耶稣基督，是基督教的救世主。

十九

冯正中词虽不失五代风格，而堂庑特大，开北宋一代风气[1]。与中后二主词皆在《花间》[2]范围之外，宜《花间集》中不登其只字也。

【注释】

①五代风格是指《花间集》所收晚唐五代词，内容多是美女爱情、伤春离别。冯延巳的词，内容要宽广得多。堂是厅堂。庑（wǔ），指堂下周围的走廊、廊屋。堂庑特大是说房子规模很大，布局宽广，这里指境界开阔，气度恢宏。冯词的这种变化，开北宋一代风气。

②《花间》：即《花间集》，后蜀赵崇祚编撰，共十卷，收录了836—940年间温庭筠、皇甫松、韦庄、薛昭蕴、牛峤、张泌、毛文锡、牛希济、欧阳炯、和凝、顾敻、孙光宪、魏承班、鹿虔扆、阎选、尹鹗、毛熙震、李珣共十八位词人的五百首词作，是我国文学史上第一部文人词选集。

二十

正中词除《鹊踏枝》《菩萨蛮》[1]十数阕最煊赫[2]外，如《醉花间》之“高树鹊衔巢，斜月明寒草”[3]，余谓：韦苏州[4]之“流萤渡高阁”[5]，孟襄阳[6]之“疏雨滴梧桐”[7]，不能过也。

【注释】

①正中，即冯延巳。《阳春集》载《鹊踏枝》十四首，《菩萨蛮》九首，现各选一首。

《鹊踏枝》

谁道闲情抛掷久？每到春来，惆怅还依旧。日日花前常病酒，不辞镜里朱颜瘦。　河畔青芜堤上柳。为问新愁，何事年年有？独立小桥风满袖，平林新月人归后。

《菩萨蛮》

梅花吹入谁家笛，行云半夜凝空碧。欹枕不成瞑，关山人未还。

声随幽怨绝，云断澄霜月。月影下重帘，轻风花满檐。

②煊赫：形容名声大、声势盛。

③冯延巳《醉花间》

晴雪小园春未到，池边梅自早。**高树鹊衔巢，斜月明寒草。**　山川风景好，自古金陵道。少年看却老。相逢莫厌醉金杯，别离多，欢会少。

④韦苏州：即韦应物（737—792年），京兆长安（今陕西西安）人，唐代诗人。因曾为苏州刺史，世称“韦苏州”。诗风恬淡高远，以善于写景和描写隐逸生活著称。

⑤韦应物《寺居独夜寄崔主簿》

幽人寂无寐，木叶纷纷落。

寒雨暗深更，**流萤渡高阁。**

坐使青灯晓，还伤夏衣薄。

宁知岁方晏，离居更萧索。

⑥孟襄阳：即孟浩然（689—740年），名浩，字浩然，号孟山人，襄州襄阳（今湖北襄阳）人，世称孟襄阳。唐代著名的山水田园派诗人。后人把孟浩

然与王维并称为“王孟”，著有《孟浩然集》。

⑦王士源《孟浩然集序》：“（浩然）间游秘省，秋月新霁，诸英华赋诗作会。浩然句曰：‘微云淡河汉，**疏雨滴梧桐**。’举座嗟其清绝。咸搁笔不复为继。”

二十一

欧九[①]《浣溪沙》词：“绿杨楼外出秋千”[②]，晁补之[③]谓：只一“出”字，便后人所不能道[④]。余谓此本于正中《上行杯》词：“柳外秋千出画墙”[⑤]，但欧语尤工耳[⑥]。

【注释】

①欧九：即欧阳修（1007—1072年），字永叔，号醉翁、六一居士，吉州永丰（今江西省吉安市永丰县）人，北宋政治家、文学家。因吉州原属庐陵郡，以“庐陵欧阳修”自居。官至翰林学士、枢密副使、参知政事，谥号文忠，世称欧阳文忠公。后人又将其与韩愈、柳宗元和苏轼合称“千古文章四大家”。与韩愈、柳宗元、苏轼、苏洵、苏辙、王安石、曾巩被世人称为“唐宋散文八大家”。

②欧阳修《浣溪沙》

堤上游人逐画船，拍堤春水四垂天，**绿杨楼外出秋千。**

白发戴花君莫笑，六幺催拍盏频传，人生何处似尊前？

③晁补之（1053—1110年），字无咎，号归来子，济州巨野（今山东巨野县）人，北宋著名文学家。与黄庭坚、秦观、张耒同为“苏门四学士”，与张耒并称“晁张”。诗学陶渊明，其词格调豪爽，语言清秀晓畅。

④吴曾《能改斋漫录》卷十六：晁无咎评本朝乐章云：“欧阳永叔《浣溪沙》

云：‘堤上游人逐画船，拍堤春水四垂天，绿杨楼外出秋千。’要皆绝妙。然只一‘出’字，自是后人道不到处。”

⑤冯延巳《上行杯》

落梅著雨消残粉，云重烟轻寒食近。罗幕遮香，**柳外秋千出画墙。**

春山颠倒钗横凤，飞絮入帘春睡重。梦里佳期，只许庭花与月知。

⑥龙榆生《唐宋名家词选》：“唐王摩诘《寒食城东即事》诗云：‘蹴鞠屡过飞鸟上，秋千竞出垂杨里。’欧公用‘出’字，盖本此。”

二十二

梅圣俞[①]《苏幕遮》词：“落尽梨花春又了。满地残阳，翠色和烟老。”[②]刘融斋谓少游一生似专学此种[③]。余谓冯正中《玉楼春》词：“芳菲次第长相续，自是情多无处足。尊前百计得春归，莫为伤春眉黛蹙。”[④]永叔[⑤]一生似专学此种。

【注释】

①梅圣俞：即梅尧臣（1002—1060年），字圣俞，世称宛陵先生，宣州宣城（今安徽省宣城市宣州区）人，北宋著名诗人。曾为国子监直讲，累迁尚书都官员外郎，世称“梅直讲”“梅都官”。与苏舜钦齐名号“苏梅”，又与欧阳修并称“欧梅”。为诗主张写实，反对西昆体，被誉为宋诗的“开山祖师”。有《宛陵先生集》及《毛诗小传》等。

②梅尧臣《苏幕遮》（草）

露堤平，烟墅杳。乱碧萋萋，雨后江天晓。独有庾郎年最少。窣地春袍，嫩色宜相照。　接长亭，迷远道。堪怨王孙，不记归期早。**落尽梨花春又了。满地残阳，翠色和烟老。**

③刘熙载《艺概》卷四《词曲概》云："冯延巳词，晏同叔得其俊，欧阳永叔得其深。"又云："少游词有小晏之妍，其幽趣则过之。梅圣俞《苏幕遮》云：'落尽梅花春又了，满地斜阳，翠色和烟老。'此一种似为少游开先。"

④《玉楼春》

雪云乍变春云簇，渐觉年华堪送目。北枝梅蕊犯寒开，南浦波纹如酒绿。**芳菲次第还相续，不奈情多无处足。尊前百计得春归，莫为伤春歌黛蹙。**

这首词的作者一直存在争议，有人认为是冯延巳，有人认为是欧阳修。欧阳修的词风和冯延巳的词风相近，所以后世常常混淆。朱彝尊《词综》选冯词二十首，其中混入欧词八首；张惠言《词选》选冯词五首，其中四首都是欧词。王国维所选这首词《尊前集》作冯延巳词，不见于冯延巳《阳春集》，而见于《欧阳文忠公近体乐府》卷二，词中文字与王国维引文略有不同。当为欧作。

⑤永叔：即欧阳修，参见第二十一则【注释】①。

二十三

人知和靖[1]《点绛唇》[2]、圣俞《苏幕遮》[3]、永叔《少年游》三阕，为咏春草绝调[4]。不知先有正中"细雨湿流光"[5]五字，皆能摄春草之魂者也[5]。

【注释】

①和靖：即林逋（967—1028年），字君复，浙江大里黄贤村（今奉化市裘村镇黄贤村）人，一说杭州钱塘，北宋著名诗人。宋仁宗赐谥“和靖先生”。性情孤高恬淡，隐居杭州西湖，结庐孤山，终生不仕不娶，喜植梅养鹤，自称“以梅为妻，以鹤为子”，人称“梅妻鹤子”。

②林逋《点绛唇》（草）

金谷年年，乱生春色谁为主？余花落处，满地和烟雨。

又是离愁，一阕长亭暮。王孙去。萋萋无数，南北东西路。

③梅尧臣《苏幕遮》，见第二十二则【注释】②。

④吴曾《能改斋漫录》卷十七：“梅圣俞在欧阳公坐，有以林逋《草词》‘金谷年年，乱生青草谁为主’为美者。梅圣俞别为《苏幕遮》一阕，欧公击节赏之。又自为一词云：‘阑干十二独凭春，晴碧远连云。千里万里，二月三月，行色苦愁人。　谢家池上，江淹浦畔，吟魄与离魂。那堪疏雨滴黄昏，更特地、忆王孙。’盖《少年游》令也。不唯前二公所不及，虽求诸唐人温、李集中，殆与之为一矣。今集不载此一篇，惜哉！”“谢家池上”指谢灵运《登池上楼》中的名句“池塘生春草，园柳变鸣禽”。“江淹浦畔”用典出自江淹《别赋》中“春草碧色，春水渌波，送君南浦，伤如之何”和“知离梦之踯躅，意别魂之飞扬”。

⑤冯延巳《南乡子》

细雨湿流光，芳草年年与恨长。烟锁凤楼无限事，茫茫。鸾镜鸳衾两断肠。

魂梦任悠扬，睡起杨花满绣床。薄幸不来门半掩，斜阳。负你残春泪几行。

宋人周文璞说：“《花间集》只有五字绝佳：‘细雨湿流光。’景意俱妙。”

二十四

《诗·蒹葭》[1]一篇，最得风人深致。晏同叔[2]之“昨夜西风凋碧树。独上高楼，望尽天涯路”[3]，意颇近之。但一洒落，一悲壮耳。

【注释】

①《诗·秦风·蒹葭》

蒹葭苍苍，白露为霜。所谓伊人，在水一方。

溯洄从之，道阻且长；溯游从之，宛在水中央。

蒹葭凄凄，白露未晞。所谓伊人，在水之湄。

溯洄从之，道阻且跻；溯游从之，宛在水中坻。

蒹葭采采，白露未已。所谓伊人，在水之涘。

溯洄从之，道阻且右；溯游从之，宛在水中沚。

②晏同叔：即晏殊（991—1055年），字同叔，抚州临川（今江西抚州）人。北宋著名文学家、政治家。晏殊从小聪明好学，五岁就有“神童”之名，十四岁入试，赐同进士出身，命为秘书省正字，官至右谏议大夫、集贤殿学士、同平章事兼枢密使、礼部刑部尚书、观文殿大学士知永兴军、兵部尚书，逝封临淄公，谥号元献，世称晏元献。晏殊能诗善词，文章典丽，以词最突出，有“宰相词人”之称，又被称为“北宋倚声家之初祖”。晏殊与其子晏几道，被称为“大晏”和“小晏”或“二晏”，又与欧阳修并称“晏欧”。

③晏殊《蝶恋花》

槛菊愁烟兰泣露。罗幕轻寒，燕子双飞去。明月不谙离恨苦，斜光到晓穿朱户。　**昨夜西风凋碧树。独上高楼，望尽天涯路。**欲寄彩笺兼尺素，山长水阔知何处。

二十五

“我瞻四方，蹙蹙靡所骋”[①]，诗人之忧生也。“昨夜西风凋碧树。独上高楼，望尽天涯路”[②]似之。“终日驰车走，不见所问津”[③]，诗人之忧世也。“百草千花寒食路，香车系在谁家树”[④]似之。

【注释】

①《诗·小雅·节南山》第七章

驾彼四牡，四牡项领。**我瞻四方，蹙蹙靡所骋。**

《毛诗正义》认为《节南山》是“家父刺幽王也” 。“我瞻四方，蹙蹙靡所骋”，是说我举目四望，到处都是祸乱，天地虽大，我却无处可去。表达了贤人君子无处施展才华，无所适从的迷惘和对人生的忧虑。

②晏殊《蝶恋花》见第二十四则【注释】③。所谓“望尽天涯路”与“我瞻四方”却有异曲同工之意。

③陶潜《饮酒》第二十首

羲农去我久，举世少复真。

汲汲鲁中叟，弥缝使其淳。

凤鸟虽不至，礼乐暂得新。

洙泗辍微响，漂流逮狂秦。

诗书复何罪，一朝成灰尘。

区区诸老翁，为事诚殷勤。

如何绝世下，六籍无一亲。

终日驰车走，不见所问津。

若复不快饮，空负头上巾。

但恨多谬误，君当恕醉人。

④冯延巳《鹊踏枝》

几日行云何处去？忘却归来，不道春将暮。**百草千花寒食路，香车系在谁家树？** 泪眼倚楼频独语。双燕飞来，陌上相逢否？撩乱春愁如柳絮，悠悠梦里无寻处。

二十六

古今之成大事业、大学问者，必经过三种之境界[①]："昨夜西风凋碧树。独上高楼，望尽天涯路"，此第一境也[②]。"衣带渐宽终不悔，为伊消得人憔悴"[③]，此第二境也。"众里寻他千百度。蓦然回首，那人却在灯火阑珊处"[④]，此第三境也。此等语皆非大词人不能道。然遽以此意解释诸词，恐晏欧诸公所不许也。[⑤]

【注释】

①大事业、大学问：王国维《叔本华与尼采》："一切俗子因其知力为意志所束缚，故但适于一身之目的。由此目的出，于是有俗滥之画，冷淡之诗，阿世媚俗之哲学。何则？彼等自己之价值，但存于其一身一家

之福祉，而不存于真理故也。唯知力之最高者，其真正之价值不存于实际，而存于理论，不存于主观而存于客观，端端焉力索宇宙之真理而再现之。……彼牺牲其一生之福祉，以殉其客观上之目的，虽欲少改焉而不能。”

②昨夜西风凋碧树。独上高楼，望尽天涯路：见第二十四则【注释】③。

③柳永《凤栖梧》

伫倚危楼风细细，望极春愁，黯黯生天际。草色烟光残照里，无言谁会凭阑意。　拟把疏狂图一醉，对酒当歌，强乐还无味。**衣带渐宽终不悔，为伊消得人憔悴。**

柳永（约984—1053年），原名三变，字景庄，后改名柳永，字耆卿，因排行第七，又称柳七，福建崇安人，北宋著名词人，婉约派代表人物。柳永暮年及第，以屯田员外郎致仕，故世称柳屯田。柳永大力创作慢词，是第一位对宋词进行全面革新的词人，也是两宋词坛上创用词调最多的词人。代表作品有《望海潮·东南形胜》《雨霖铃·寒蝉凄切》《八声甘州·对潇潇暮雨洒江天》等。作品集有《乐章集》。

④辛弃疾《青玉案》（元夕）

东风夜放花千树。更吹落、星如雨。宝马雕车香满路。凤箫声动，玉壶光转，一夜鱼龙舞。　蛾儿雪柳黄金缕。笑语盈盈暗香去。**众里寻他千百度。蓦然回首，那人却在灯火阑珊处。**

辛弃疾（1140—1207年），字幼安，号稼轩，山东济南府历城县（今济南市历城区）人。南宋豪放派词人、将领，有“词中之龙”之称。与苏轼合称“苏辛”，与李清照并称“济南二安”。开禧三年，辛弃疾病逝。后追赠少师，谥号“忠敏”。著名词作有《水龙吟·登建康赏心亭》《永遇乐·京口北固亭怀古》等，现存词六百多首，有词集《稼轩长短句》

等传世。

⑤此则词话最早出现在写于1906年的《文学小言》，“境界”和“境”在《文学小言》第五条中均作“阶级”。《文学小言》中最后两句是：“未有不阅第一、第二阶级而能遽跻第三阶级者。文学亦然。此有文学上之天才者，抽以又需莫大之修养也。”《人间词话》作于1908年，把《文学小言》中的一则修改后重新编入《人间词话》，可见这是王国维的得意之笔，也是《人间词话》中最重要的一条。

二十七

永叔“人生自是有情痴，此恨不关风与月”，“直须看尽洛城花，始共春风容易别”①**，于豪放之中有沉着之致**②**，所以尤高**。

【注释】

①欧阳修《玉楼春》

尊前拟把归期说，未语春容先惨咽。**人生自是有情痴，此恨不关风与月。**

离歌且莫翻新阕，一曲能教肠寸结。**直须看尽洛城花，始共春风容易别。**

②豪放：本指气魄大而无所拘束。指人的感情奔放，不拘细节。这里是指诗文风格豪迈，无所拘束。沉着，谓着实而不轻浮，指诗词内涵深厚。

二十八

冯梦华[1]《宋六十家词选·序例》[2]谓："淮海[3]、小山[4]，古之伤心人也。其淡语皆有味，浅语皆有致。"余谓此唯淮海足以当之。小山矜贵有余，但可方驾[5]子野[6]、方回[7]，未足抗衡淮海也。

【注释】

①冯梦华：即冯煦（1842—1927年），原名冯熙。据说他母亲怀孕时梦到僧拈花入室，故字梦华，号蒿庵，晚号蒿叟、蒿隐。江苏金坛五叶人。少好辞赋，有江南才子之称。光绪十二年（1886年）45岁时才中进士，胪唱时，被慈禧太后呼为老名士。参与纂修《江南通志》。工诗、词、骈文，尤以词名，著有《蒿庵类稿》等。

②《宋六十家词选》：宋词总集名，实录六十一家。明代毛晋编，共分六集，自晏殊《珠玉词》至卢炳《烘堂词》共六十一家，每家之后，各附以跋语，是流传最广的词集之一。冯煦曾据以辑为《六十一家词选》。

③淮海：即秦观，号淮海居士。秦观生平参见第三则【注释】②。他一生坎坷，科举、仕途均屡屡受挫，后又卷入党争，经历了七年的贬谪生涯，最后卒于藤州贬所。坎坷的遭遇，形成了他凄婉的词风。所以冯煦说他是"古之伤心人"。

④小山：即晏几道（1038—1110年），字叔原，号小山，抚州临川文港沙河（今江西省南昌市进贤县）人。晏殊第七子。与其父晏殊合称"二晏"，又称"小晏"。其词工于言情，小令语言清丽，感情深挚。

晏几道作为宰相之子，幼时生活豪奢，其父晏殊去世后，家道中落，生活潦倒。其词也充满了忧愁和悲伤，所以冯煦也说他是“古之伤心人”。

⑤方驾：原意为并车而行，引申为匹敌，比喻彼此不相上下。

⑥子野：即张先，字子野，见第七则【注释】②。

⑦方回：即贺铸（1052—1125 年），字方回，因“若问闲愁都几许。一川烟草，满城风絮。梅子黄时雨。”人称贺梅子，唐代著名诗人贺知章后裔，以知章居庆湖（即镜湖），故自号庆湖遗老。他长相奇丑，身高七尺，面色青黑，被称为“贺鬼头”。能诗文，尤长于词。主要作品有《青玉案·横塘路》《鹧鸪天·重过阊门万事非》等。

二十九

少游[①]词境最凄婉。至“可堪孤馆闭春寒，杜鹃声里斜阳暮”[②]，则变而凄厉矣。东坡[③]赏其后二语[④]，犹为皮相。

【注释】

①少游：即秦观，参见第三则【注释】②。

②秦观《踏莎行》，参见第三则【注释】②。

③东坡：即苏轼（1037—1101 年），字子瞻，又字和仲，号东坡居士，世称苏东坡、苏仙，北宋眉州眉山（今四川省眉山市）人，祖籍河北栾城，是初唐大臣苏味道之后，北宋著名文学家、书法家、画家。苏轼的父亲苏洵，即《三字经》里提到的“二十七，始发奋”的“苏老泉”。苏轼和其父苏洵、其弟苏辙并称“三苏”。苏轼在诗、词、散文、书、画等方面均取得了很高的成就。其诗与黄庭坚并称“苏黄”；其词开豪放一派，与辛弃疾并称“苏辛”；其散文与欧阳修并称“欧苏”，为“唐宋八大家”

之一。善书工画，与黄庭坚、米芾、蔡襄并称“宋四家”。

④胡仔《苕溪渔隐丛话》前集卷五十，引惠洪《冷斋夜话》：“少游到郴州，作长短句（按，即《踏莎行》词），东坡绝爱其尾两句（按，即郴江幸自绕郴山，为谁流下潇湘去。），自书于扇，曰：‘少游已矣，虽万人何赎’。”

三十

“风雨如晦，鸡鸣不已”[①]，“山峻高以蔽日兮，下幽晦以多雨。霰雪纷其无垠兮，云霏霏而承宇”[②]，“树树皆秋色，山山唯落晖”[③]，“可堪孤馆闭春寒，杜鹃声里斜阳暮”[④]，气象皆相似。

【注释】

①《诗·郑风·风雨》

风雨凄凄，鸡鸣喈喈。既见君子，云胡不夷？

风雨潇潇，鸡鸣胶胶。既见君子，云胡不瘳？

风雨如晦，鸡鸣不已。既见君子，云胡不喜？”

②屈原《楚辞·九章·涉江》，文长不录。

屈原（公元前340—公元前278年），名平，字原；又自云名正则，字灵均。战国时期楚国诗人、政治家。是“楚辞”的创立者和代表作者，被称为“辞赋之祖”。公元前278年，楚都郢被秦将白起攻破，屈原自沉于汨罗江。主要作品有《离骚》《九歌》《九章》《天问》等。

③王绩《野望》

东皋薄暮望，徙倚欲何依？**树树皆秋色，山山唯落晖。**

牧人驱犊返，猎马带禽归。相顾无相识，长歌怀采薇。

王绩（约589—644年），字无功，号东皋子，古绛州龙门县(今山西万荣县通化镇)人，隋唐时期诗人。自作《五斗先生传》，撰《酒经》《酒谱》，注有《老》《庄》。其诗真率疏放，追魏晋高风。

④秦观《踏莎行》中句，参见第三则【注释】②。

三十一

昭明太子[1]称：陶渊明诗“跌宕昭彰，独超众类。抑扬爽朗，莫之与京”[2]。王无功[3]称：薛收[4]赋“韵趣高奇，词义晦远。嵯峨萧瑟，真不可言”[5]。词中惜少此二种气象，前者唯东坡，后者唯白石[6]，略得一二耳。

【注释】

①昭明太子：即萧统(501—531年)，字德施，小字维摩。梁武帝萧衍长子，梁简文帝萧纲、梁元帝萧绎长兄。天监元年(502年)，萧统被立为太子，然英年早逝，谥号“昭明”，故后世称其为“昭明太子”。曾主持编撰中国现存最早的一部诗文总集《文选》，又称《昭明文选》。

②萧统《陶渊明集·序》：“其文章不群，词采精拔，**跌宕昭彰，独超众类，抑扬爽朗，莫之与京。**横素波而傍流，干青云而直上。语时事则指而可想，论怀抱则旷而且真。”

③王无功：即王绩，参见第三十则【注释】③。

④薛收（591—624年），字伯褒，蒲州汾阴（今山西万荣县西南）人，隋

内史侍郎薛道衡之子。后被房玄龄荐入秦王府，授为主簿。武德七年（624年），授天策府记室参军，不久卒。贞观七年（633年），追赠定州刺史。

⑤王绩《答冯子华处士书》：“吾往见薛收《白牛溪赋》，韵趣高奇，词义旷远，嵯峨萧瑟，真不可言。壮哉！邈乎杨、班之俦也。高人姚义常谓余曰：‘薛生此文，不可多得，登太行，俯沧溟，高深极矣！’”

⑥ 白石：即姜夔（kuí，1154—1221年），字尧章，号白石道人，著名南宋词人，饶州鄱阳（今江西省鄱阳县）人。于诗词、散文、书法、音乐等均有造诣，有《白石道人诗集》《白石道人歌曲》《续书谱》《绛帖平》等传世。

三十二

词之雅郑[1]，在神不在貌。永叔、少游虽作艳语，终有品格。方之美成[2]，便有淑女与倡伎之别[3]。

【注释】

①雅郑：即雅乐与郑国音乐，《论语·卫灵公》：“放郑声，远佞人。郑声淫，佞人殆。”“雅”指《诗经》大小雅之乐，即正声。“郑声”指淫邪之声。

②美成：即周邦彦（1056—1121年），字美成，号清真居士，钱塘（今浙江杭州）人。北宋著名词人。精通音律，创作不少新词调，为后来格律词派所宗。旧时词论称他为“词家之冠”或“词中老杜”，在宋代影响甚大。有《清真居士集》，已佚，今存《片玉集》。

③刘熙载《艺概·词曲概》：“周美成词，或称其无美不备。余谓论词莫先于品，美成词信富艳精工，只是当不得个贞字。是以士大夫不肯学之，学之则不知终日意萦何处矣。”“周美成律最精审，史邦卿句最警炼，

然未得为君子之词者，周旨荡而史意贪也。”

三十三

美成深远之致不及欧[1]秦[2]。唯言情体物，穷极工巧，故不失为第一流之作者。但恨创调之才多，创意之才少耳。[3]

【注释】

①欧：即欧阳修，参见第二十一则【注释】①。

②秦：即秦观，参见第三则【注释】②。

③张炎《词源·杂论》：“美成词只当看他浑成处，于软媚中有气魄，采唐诗融化如自己者，乃其所长；惜乎意趣却不高远。”

沈义父《乐府指迷》：“凡作词当以清真为主。盖清真最为知音，而无一点市井气，下字运意，皆有法度，往往自唐、宋诸贤诗句中来，而不用经、史中生硬字面，此所以为冠绝也。”

陈振孙《直斋书录解题》卷二十：“清真词多用唐人诗语，檃栝入律，浑然天成；长调尤善铺叙，富艳精工，词人之甲乙也。”

三十四

词忌用替代字。美成《解语花》之“桂华流瓦”[1]，境界极妙，惜以“桂华”二字代“月”耳。梦窗[2]以下，

则用代字更多。其所以然者，非意不足，则语不妙也。盖意足则不暇代，语妙则不必代。此少游之“小楼连苑”“绣毂雕鞍”[3]，所以为东坡所讥也[4]。

【注释】

①周邦彦《解语花》（元宵）

风销焰蜡，露浥烘炉，花市光相射。**桂华流瓦。**纤云散，耿耿素娥欲下。衣裳淡雅。看楚女纤腰一把。箫鼓喧，人影参差，满路飘香麝。

因念都城放夜。望千门如昼，嬉笑游冶。钿车罗帕。相逢处，自有暗尘随马。年光是也。唯只见、旧情衰谢。清漏移，飞盖归来，从舞休歌罢。

②梦窗：即吴文英（约1200—1260年），字君特，号梦窗，晚年又号觉翁，四明（今浙江宁波）人，南宋词人。有《梦窗词集》一部，存词三百四十余首，号“词中李商隐”。

③秦观《水龙吟》

小楼连苑横空，下窥绣毂雕鞍骤。朱帘半卷，单衣初试，清明时候。破暖轻风，弄晴微雨，欲无还有。卖花声，过尽斜阳院落，红成阵，飞鸳甃。

玉佩丁东别后，怅佳期参差难又。名缰利锁，天还知道，和天也瘦。花下重门，柳边深巷，不堪回首。念多情，但有当时皓月，向人依旧。

④黄升《花庵词选》：“秦少游自会稽入京，见东坡。东坡问作何词。少游举‘小楼连苑横空，下窥绣毂雕鞍骤’。东坡云：‘十三个字，只说得一个人骑马楼前过。’秦问先生近著，东坡云：‘亦有一词说楼上事’。乃举‘燕子楼空，佳人何在，空锁楼中燕’。晁无咎在座，云：‘三句说尽张建封燕子楼一段事，奇哉。’”

三十五

沈伯时[1]《乐府指迷》云："说桃不可直说破桃，须用'红雨'[2]'刘郎'[3]等字。咏柳不可直说破柳，须用'章台'[4]'灞岸'[5]等字。"[6]若唯恐人不用代字者。果以是为工，则古今类书具在，又安用词为耶？宜其为《提要》所讥也[7]。

【注释】

①沈伯时：即沈义父（约公元1237—1243年），字伯时，号时斋，南宋词评家，主张作词要协音、字雅、字隐、意柔。工词，以周邦彦为宗，持论多为中理。著有《乐府指迷》一卷。

②李贺《将进酒》："况是青春日将暮，桃花乱落如红雨。"

王实甫《西厢记》："相见时，红雨纷纷点绿苔。"

③刘郎：即刘禹锡（772—843年），字梦得，唐代文学家、诗人。《旧唐书·刘禹锡传》："（王）叔文败，（刘禹锡）坐贬连州刺史……元和十年，自武陵召还。宰相复欲置之郎署。时禹锡作《游玄都观咏看花诸君子》诗，语涉讥刺，执政不悦，复出为播州刺史……太和二年，自和州刺史征还……禹锡衔前事未已，复作《游玄都观诗》……前篇有'玄都观里桃千树，总是刘郎去后栽'之句，后篇有'种桃道士今何在，前度刘郎今又来'之句。"

④章台：战国时秦王筑于渭水南的离宫（即别宫）之名，汉时长安城有章台街，是当时长安歌妓集中之地。孟棨《本事诗》记载唐代韩翃和柳氏的爱情故事，韩翃写给柳氏一首《章台柳》诗："章台柳，章台柳！往

日依依今在否？纵使长条似旧垂，理应攀折他人手。”后多用章台表示离别后的思念，如韦庄《章台夜思》：“清瑟怨遥夜，绕弦风雨哀。孤灯闻楚角，残月下章台。芳草已云暮，故人殊未来。乡书不可寄，秋雁又南回。”

⑤灞岸：即灞陵岸，也常作霸岸，霸陵岸。灞水流经长安东灞陵，有一桥，名灞桥，也作霸桥。送客至此，折柳话别。古代诗词中常用霸陵、霸桥（灞陵、灞桥），表示离别。建安七子之一王粲《七哀诗》：“南登霸陵岸，回首望长安。”唐人储光羲《贻刘高士别》诗：“而我送将归，裴徊霸陵岸。”李白《忆秦娥》：“年年柳色，霸陵伤别。”后蜀韩琮《杨柳枝》词：“霸陵原上多离别，少有长条拂地垂。”元李寿卿《度柳翠》第一折：“现如今章台怕到春光尽，则这霸陵又早秋霜近。”

⑥沈义父《乐府指迷》“语句须用待字”条：“炼句下语，最是紧要，如说桃，不可直说破桃，须用‘红雨’‘刘郎’等字。如咏柳，不可直说破柳，须用‘章台’‘灞岸’等字。又咏书，如曰‘银钩空满’，便是书字了，不必更说书字。‘玉箸双垂’，便是泪了，不必更说泪。如‘绿云缭绕’，隐然髻发，‘困便湘竹’，分明是簟。正不必分晓，如教初学小儿，说破这是甚物事，方见妙处。往往浅学俗流，多不晓此妙用，指为不分晓，乃欲直捷说破，却是赚人与耍曲矣。如说情，不可太露。”

⑦《四库全书总目提要》集部词曲类二沈氏《乐府指迷》条：“又谓：说桃须用‘红雨’‘刘郎’等字，说柳须用‘章台’‘灞岸’等字，说书须用‘银钩’等字，说泪须用‘玉箸’等字，说发须用‘绿云’等字，说簟须用‘湘竹’等字，不可直说破。其意欲避鄙俗，而不知转成涂饰，亦非确论。”

三十六

美成《青玉案》词："叶上初阳乾宿雨。水面清圆，一一风荷举。"[1]此真能得荷之神理者。觉白石《念奴娇》[2]《惜红衣》[3]二词，犹有隔雾看花之恨。

【注释】

①《青玉案》当作《苏幕遮》

周邦彦《苏幕遮》

燎沉香，消溽暑。鸟雀呼晴，侵晓窥檐语。**叶上初阳乾宿雨。水面清圆，一一风荷举。** 故乡遥，何日去？家住吴门，久作长安旅。五月渔郎相忆否？小楫轻舟，梦入芙蓉浦。

②姜夔《念奴娇》（予客武陵，湖北宪治在焉。古城野水，乔木参天。予与二三友，日荡舟其间，薄荷花而饮，意象幽闲，不类人境。秋水且涸，荷叶出地寻丈，因列坐其下，上不见日。清风徐来，绿云自动，间于疏处，窥见游人画船，亦一乐也。朅来吴兴，数得相羊荷花中，又夜泛西湖，光景奇绝。故以此句写之）

闹红一舸，记来时，尝与鸳鸯为侣。三十六陂人未到，水佩风裳无数。翠叶吹凉，玉容销酒，更洒菰蒲雨。嫣然摇动，冷香飞上诗句。 日暮。青盖亭亭，情人不见，争忍凌波去。只恐舞衣寒易落，愁入西风南浦。高柳垂阴，老鱼吹浪，留我花间住。田田多少，几回沙际归路。

③姜夔《惜红衣》（吴兴号水晶宫，荷花盛丽。陈简斋云："今年何以报君恩，一路荷花相送到青墩。"亦可见矣。丁未之夏，予游千岩，数往来红香中。自度此曲，以无射宫歌之）

簟枕邀凉，琴书换日，睡余无力。细洒冰泉并刀破甘碧。墙头唤酒，谁问讯，城南诗客。岑寂。高柳晚蝉，说西风消息。　虹梁水陌，鱼浪吹香，红衣半狼藉。维舟试望故国。眇天北。可惜渚边沙外，不共美人游历。问甚时同赋，三十六陂秋色。

三十七

东坡《水龙吟》咏杨花[1]，和韵而似原唱。章质夫词[2]，原唱而似和韵。才之不可强也如是！[3]

【注释】

①苏轼《水龙吟》（次韵章质夫杨花词）

似花还似非花，也无人惜从教坠。抛家傍路，思量却是，无情有思。萦损柔肠，困酣娇眼，欲开还闭。梦随风万里，寻郎去处，又还被、莺呼起。

不恨此花飞尽，恨西园、落红难缀。晓来雨过，遗踪何在？一池萍碎。春色三分，二分尘土，一分流水。细看来不是杨花，点点是离人泪。

②章质夫：即章楶（jié，1027—1102 年），字质夫，浦城（今福建省南平市浦城县）人，北宋名将、诗人。崇宁元年（1102 年）去世，谥号庄简，后改谥庄敏。著有《成都古今诗集》等。

章楶《水龙吟》（杨花）

燕忙莺懒芳残，正堤上、柳花飘坠。轻飞乱舞，点画青林，全无才思。闲趁游丝，静临深院，日长门闭。傍珠帘散漫，垂垂欲下，依前被、风扶起。

兰帐玉人睡觉，怪春衣、雪沾琼缀。绣床渐满，香球无数，才圆却碎。时见蜂儿，仰黏轻粉，鱼吞池水。望章台路杳，金鞍游荡，有盈盈泪。

③关于苏轼和章楶这两首词的不同评论。

张炎《词源》："东坡次章质夫杨花《水龙吟》韵，机锋相摩，起句便合让东坡出一头地，后片愈出愈奇，真是压倒今古。"

魏庆之《诗人玉屑》："章质夫咏杨花词，东坡和之。晁用叔云，是则然矣。余以为质夫词中，所谓'傍珠帘散漫，垂垂欲下，依前被、风扶起'，亦可谓曲尽杨花妙处。东坡所和虽高，恐未能及。诗人议论不公如此耳。"

三十八

咏物之词，自以东坡《水龙吟》[1]为最工，邦卿[2]《双双燕》[3]次之。白石《暗香》[4]《疏影》[5]格调虽高，然无一语道着[6]，视古人"江边一树垂垂发"[7]等句何如耶？

【注释】

①东坡《水龙吟》，参见第三十七则【注释】①。

②邦卿：即史达祖（1163—1220年？），字邦卿，号梅溪，汴（今河南开封）人。南宋著名词人。词以咏物为长，其中不乏身世之感。有《梅溪词》，存词一百一十二首。

③史达祖《双双燕》（咏燕）

过春社了，度帘幕中间，去年尘冷。差池欲住，试入旧巢相并。还相雕梁藻井，又软语商量不定。飘然快拂花梢，翠尾分开红影。　芳径，芹泥雨润。爱贴地争飞，竞夸轻俊。红楼归晚，看足柳昏花暝，应自栖香正稳。便忘了天涯芳信。愁损翠黛双蛾，日日画栏独凭。

④姜夔《暗香》（辛亥之冬，予载雪诣石湖。止既月，授简索句，且征新声，

作此两曲。石湖把玩不已，使工妓隶习之，音节谐婉，乃名之曰《暗香》《疏影》）

旧时月色，算几番照我，梅边吹笛。唤起玉人，不管清寒与攀摘。何逊而今渐老，都忘却、春风词笔。但怪得、竹外疏花，香冷入瑶席。

江国，正寂寂。叹寄与路遥，夜雪初积。翠尊易泣，红萼无言耿相忆。长记曾携手处，千树压、西湖寒碧。又片片吹尽也，几时见得。

⑤姜夔《疏影》

苔枝缀玉。有翠禽小小，枝上同宿。客里相逢，篱角黄昏，无言自倚修竹。昭君不惯胡沙远，但暗忆、江南江北。想佩环、月夜归来，化作此花幽独。

犹记深宫旧事，那人正睡里，飞近蛾绿。莫似春风，不管盈盈，早与安排金屋。还教一片随波去，又却怨、玉龙哀曲。等恁时、重觅幽香，已入小窗横幅。

⑥张炎《词源》：“词要清空，不要质实；清空则古雅峭拔，质实则凝涩晦味。姜白石如野云孤飞，去留无迹……如《暗香》《疏影》《扬州慢》《一萼红》《琵琶仙》《探春》《八归》《淡黄柳》等曲，不唯清空，又且骚雅，读之使人神观飞越。”

⑦杜甫《和裴迪登蜀州东亭送客逢早梅相忆见寄》

东阁官梅动诗兴，还如何逊在扬州。

此时对雪遥相忆，送客逢春可自由。

幸不折来伤岁暮，若为看去乱乡愁。

江边一树垂垂发，朝夕催人自白头。

三十九

白石写景之作，如“二十四桥仍在，波心荡、冷月无声”①，“数峰清苦，商略黄昏雨”②，“高树晚蝉，说西风消息”③，虽格韵高绝，然如雾里看花，终隔一层。梅溪④、梦窗⑤诸家写景之病，皆在一“隔”字。北宋风流，渡江遂绝。抑真有运会存乎其间耶？

【注释】

①姜夔《扬州慢》（淳熙丙申至日，予过维扬。夜雪初霁，荠麦弥望。入其城，则四顾萧条，寒水自碧。暮色渐起，戍角悲吟。予怀怆然，感慨今昔，因自度此曲。千岩老人以为有黍离之悲也）

淮左名都，竹西佳处，解鞍少驻初程。过春风十里，尽荠麦青青。自胡马窥江去后，废池乔木，犹厌言兵。渐黄昏，清角吹寒，都在空城。

杜郎俊赏，算而今、重到须惊。纵豆蔻词工，青楼梦好，难赋深情。**二十四桥仍在，波心荡、冷月无声。**念桥边红药，年年知为谁生？

②姜夔《点绛唇》（丁未冬，过吴松作）

燕雁无心，太湖西畔随云去。**数峰清苦，商略黄昏雨。**

第四桥边，拟共天随住。今何许？凭栏怀古，残柳参差舞。

③姜夔《惜红衣》词，见第三十六则【注释】③。“高柳”，汲古阁本、四印斋本、榆园本均作“高树”。

④梅溪：即史达祖，号梅溪，参见第三十八则【注释】②。

⑤梦窗：即吴文英，号梦窗，参见第三十四则【注释】②。

四十

问“隔”与“不隔”之别，曰：陶①、谢②之诗不隔，延年③则稍隔矣；东坡之诗不隔，山谷④则稍隔矣。“池塘生春草”⑤“空梁落燕泥”⑥等二句，妙处唯在不隔。词亦如是。即以一人一词论，如欧阳公《少年游》咏春草上半阕云：“阑干十二独凭春，晴碧远连云。千里万里，二月三月，行色苦愁人。”语语都在目前，便是不隔。至云“谢家池上，江淹浦畔”⑦，则隔矣。白石《翠楼吟》“此地宜有词仙，拥素云黄鹤，与君游戏。玉梯凝望久，叹芳草、萋萋千里”，便是不隔。至“酒祓清愁，花销英气”⑧，则隔矣。然南宋词虽不隔处，比之前人，自有浅深厚薄之别。

【注释】

①陶：即陶渊明，参见第三则【注释】③。

②谢：即谢灵运（385—433年），原名公义，字灵运，以字行于世，小名客儿，世称谢客。出身陈郡谢氏，为东晋名将谢玄之孙、秘书郎谢瑍之子。东晋时世袭为康乐公，世称谢康乐。南北朝时期杰出的诗人、文学家。其诗与颜延之齐名，并称“颜谢”，开创了中国文学史上的山水诗派。明人辑有《谢康乐集》。

③延年：即颜延之（384—456年），字延年，琅邪临沂（今山东临沂）人。南朝宋文学家。与谢灵运并称“颜谢”。明代张溥辑有《颜光禄集》。

④山谷：即黄庭坚（1045—1105年），字鲁直，号山谷道人，晚号涪翁，谥“文

节”，洪州分宁（今江西省九江市修水县）人，北宋著名文学家、书法家。为江西诗派的开山之祖。与张耒、晁补之、秦观合称为“苏门四学士”。生前与苏轼齐名，世称“苏黄”。著有《山谷词》，书法为“宋四家”之一。

⑤谢灵运《登池上楼》

潜虬媚幽姿，飞鸿响远音。
薄霄愧云浮，栖川怍渊沈。
进德智所拙，退耕力不任。
徇禄反穷海，卧痾对空林。
衾枕昧节候，褰开暂窥临。
倾耳聆波澜，举目眺岖嵚。
初景革绪风，新阳改故阴。
池塘生春草，园柳变鸣禽。
祁祁伤豳歌，萋萋感楚吟。
索居易永久，离群难处心。
持操岂独古，无闷征在今。

⑥薛道衡《昔昔盐》

垂柳覆金堤，蘼芜叶复齐。
水溢芙蓉沼，花飞桃李蹊。
采桑秦氏女，织锦窦家妻。
关山别荡子，风月守空闺。
恒敛千金笑，长垂双玉啼。
盘龙随镜隐，彩凤逐帷低。
飞魂同夜鹊，倦寝忆晨鸡。
暗牖悬蛛网，**空梁落燕泥。**

前年过代北，今岁往辽西。

一去无消息，那能惜马蹄。

薛道衡（540—609年），字玄卿，河东汾阴（今山西万荣县）人。隋朝著名诗人，与卢思道齐名，在隋代诗人中艺术成就最高。著有文集七十卷，现仅存《薛司隶集》一卷。《先秦汉魏晋南北朝诗》录诗二十余首。

⑦欧阳修《少年游》词，参见第二十三则【注释】④。

⑧姜夔《翠楼吟》（淳熙丙午冬，武昌安远楼成，与刘去非诸友落之，度曲见志。予去武昌十年，故人有泊舟鹦鹉洲者，闻小姬歌此词。问之，颇能道其事。还吴，为予言之。兴怀昔游，且伤今之离索也）

月冷龙沙，尘清虎落，今年汉酺初赐。新翻胡部曲，听毡幕、元戎歌吹。层楼高峙。看槛曲萦红，檐牙飞翠。人姝丽。粉香吹下，夜寒风细。

此地宜有词仙，拥素云黄鹤，与君游戏。玉梯凝望久，叹芳草、萋萋千里。天涯情味。**仗酒祓清愁，花销英气。**西山外，晚来还卷，一帘秋霁。

四十一

“生年不满百，常怀千岁忧。昼短苦夜长，何不秉烛游”[①]，“服食求神仙，多为药所误。不如饮美酒，被服纨与素”[②]，写情如此，方为不隔。“采菊东篱下，悠然见南山。山气日夕佳，飞鸟相与还”[③]，“天似穹庐，笼盖四野。天苍苍，野茫茫，风吹草低见牛羊”[④]，写景如此，方为不隔。

【注释】

①《古诗十九首》第十五

生年不满百，常怀千岁忧。

昼短苦夜长，何不秉烛游？

为乐当及时，何能待来兹？

愚者爱惜费，但为后世嗤。

仙人王子乔，难可与等期。

②《古诗十九首》第十三

驱车上东门，遥望郭北墓。

白杨何萧萧，松柏夹广路。

下有陈死人，杳杳即长暮。

潜寐黄泉下，千载永不寤。

浩浩阴阳移，年命如朝露。

人生忽如寄，寿无金石固。

万岁更相送，圣贤莫能度。

服食求神仙，多为药所误。

不如饮美酒，被服纨与素。

③陶渊明《饮酒》诗，参见第三则【注释】③。

④《敕勒歌》

敕勒川，阴山下。**天似穹庐，笼盖四野。**

天苍苍，野茫茫，风吹草低见牛羊。

四十二

古今词人格调之高，无如白石。惜不于意境上用力，故觉无言外之味，弦外之响[1]，终不能与于第一流之作者也。[2]

【注释】

①司空图《与李生论诗书》：“文之难而诗尤难。古今之喻多矣，而愚以为辨于味而后可以言诗也。江岭之南，凡足资于适口者，若醯，非不酸也，止于酸而已；若鹾，非不咸也，止于咸而已。中华之人所以充饥而遽辍者，知其咸酸之外，醇美者有所乏耳……诗贯六义，则讽喻、抑扬、停蓄、温雅，皆在其间矣。王右丞、韦苏州澄澹精致，格在其中，岂妨于遒举哉？贾浪仙诚有警句，视其全篇，意思殊馁，大抵附于蹇涩，方可致才，亦为体之不备也，矧其下者哉！噫！近而不浮，远而不尽，然后可以言韵外之致也。”

②陈郁《藏一话腴》：“白石道人姜尧章……意到语工，不期于高远而自高远。”

陈廷焯《白雨斋词话》：“白石词，以清虚为体，而时有阴冷处，格调最高。”

四十三

南宋词人，白石有格而无情，剑南[1]有气而乏韵。其堪与北宋人颉颃[2]者，唯一幼安[3]耳。近人祖南宋而祧北宋，以南宋之词可学，北宋不可学也。学南宋者，不祖白石，

则祖梦窗，以白石、梦窗可学，幼安不可学也。学幼安者率祖其粗犷、滑稽，以其粗犷、滑稽处可学，佳处不可学也。幼安之佳处，在有性情，有境界。即以气象论，亦有“横素波、干青云”④之概，宁后世龌龊小生所可拟耶？⑤

【注释】

①剑南：即陆游（1125—1210年），字务观，号放翁，越州山阴（今浙江绍兴）人，南宋文学家、诗人、史学家。与尤袤、杨万里、范成大合称为“中兴四大诗人”。主要作品有《剑南诗稿》《渭南文集》《南唐书》。陆游晚年多在四川任职，并深爱此地，诗稿和文集以“剑南”“渭南”为名。

②颉颃（xié háng）：原指鸟上下翻飞，引申为不相上下。

《邶风·燕燕》：“燕燕于飞，颉之颃之。”

《晋书·文苑传序》：“潘（潘岳）、夏（夏侯湛）连辉，颉颃名辈。”

③幼安：即辛弃疾，参见第二十六则【注释】④。

④“横素波、干青云”：萧统《陶渊明集·序》：“其文章‘横素波而傍流，干青云而直上’。”

⑤刘克庄《辛稼轩集序》：“公所作大声鞺鞳，小声铿鍧，横绝六合，扫空万古，自有苍生所未见。”

周济《介存斋论词杂著》：“稼轩不平之鸣，随处辄发，有英雄语，无学问语，故往往锋颖太露。然其才情富艳，思力果锐，南北两朝，实无其匹，无怪流传之广且久也。”

彭孙遹《金粟词话》：“稼轩之词，胸有万卷，笔无点尘，激昂排宕，不可一世。”

陈廷焯《白雨斋词话》：“辛稼轩，词中之龙也，气魄极雄大，意境却极沉郁。不善学之人，流入叫嚣一派，论者遂集矢于稼轩，稼轩不受也。”

四十四

东坡之词旷，稼轩[①]之词豪。[②]无二人之胸襟而学其词，犹东施之效捧心也[③]。

【注释】

①稼轩：即辛弃疾，参见第二十六则【注释】④。

②刘熙载《艺概·词曲概》：“东坡词具神仙出世之姿。”“稼轩词龙腾虎掷。”陈廷焯《白雨斋词话》：“东坡心地光明磊落，忠爱根于性生，故词极超旷，而意极平和。稼轩有吞吐八荒之概，而机会不来，正则为郭、李，为岳、韩，变则桓温之流亚，故词极豪雄，而意极悲郁。”

③“东施之效捧心”：即东施效颦。东施，指丑女人。《庄子·天运》：“故西施病心而颦其里，其里之丑人见而美之，归亦捧心而颦其里。” 西施心口疼痛，走路时经常捂着胸口皱着眉。邻里的一个丑女人认为这样很美，走路时也捂着胸口皱着眉。

四十五

读东坡、稼轩词，须观其雅量高致，[①]有伯夷、柳下惠之风。[②]白石虽似蝉蜕尘埃，然终不免局促辕下。

【注释】

①胡寅《题酒边词》："眉山苏轼，一洗绮罗香泽之态，摆脱绸缪宛转之度，使人登高望远，举首高歌，而逸怀浩气，超然乎尘垢之外。于是《花间》为皂隶，而柳氏为舆台矣。"

王灼《碧鸡漫志》："东坡先生非心醉于音律者，偶尔作歌，指出向上一路，新天下耳目，弄笔者始知自振。"

刘辰翁《辛稼轩词序》："自辛稼轩前，用一语如此者，必且掩口。及稼轩，横竖烂漫，乃如禅宗棒喝，头头皆是；又如悲笳万鼓，平生不平事并卮酒，但觉宾主酣畅，谈不暇顾。词至此亦足矣。"

吴衡照《莲子居词话》说："辛稼轩别开天地，横绝古今，论、孟、诗小序、左氏春秋、南华、离骚、史、汉、世说、选学、李、杜诗，拉杂运用，弥见其笔力之峭。"

《四库全书总目提要》说："其（辛弃疾）词慷慨纵横，有不可一世之概，于倚声家为变调，而异军突起，能于剪红刻翠之外，屹然别立一宗。"

②伯夷、柳下惠：古代两位品格高尚之人。《孟子·万章》："伯夷，圣人之清者也……柳下惠，圣人之和者也。"《孟子·尽心下》："圣人，百世之师也，伯夷、柳下惠是也。"

四十六

苏辛，词中之狂。白石，犹不失为狷。[1]若梦窗、梅溪、玉田、草窗、西麓辈，[2]面目不同，同归于乡愿[3]而已。

【注释】

①《论语·子路》："子曰：'不得中行而与之，必也狂狷乎？狂者进取，狷者有所不为也。'"如果不能与按中庸原则行事的人结交，那一定要结交狂与狷这两类人。狂者肯于进取，狷者不肯做坏事。

②梦窗：即吴文英，字君特，号梦窗，南宋词人。参见第三十四则【注释】②。

梅溪：即史达祖，字邦卿，号梅溪，南宋词人。参见第三十八则【注释】②。

玉田：即张炎(1248—1320年？)，字叔夏，号玉田，又号乐笑翁。南宋最后一位著名词人。著有《山中白云词》，存词三百零二首。

草窗：即周密（1232—1298年），字公谨，号草窗，南宋词人、文学家。宋亡，入元不仕。擅长诗词、书画。与吴文英（号梦窗）齐名，时人称为"二窗"。著述有诗词《草窗旧事》《云烟过眼录》等，编《绝妙好词》，笔记体史学著作有《齐东野语》《武林旧事》《癸辛杂识》等，对保存宋代杭州风情及文艺、社会等史料，有很大贡献。

西麓：即陈允平，生卒年不详，字君衡，一字衡仲，号西麓，四明鄞县（今浙江宁波市鄞州区）人，南宋词人。著有诗集《西麓诗稿》、词集《西麓继周集》《日湖渔唱》。

③《论语·阳货》："子曰：'乡原，德之贼也。'""乡原"即"乡愿"，指貌似恭谨，实际与流俗合污的人。

四十七

稼轩中秋饮酒达旦，用《天问》[①]体作《木兰花慢》[②]以送月，曰："可怜今夕月，向何处、去悠悠？是别有人间，

那边才见，光景东头。”词人想象，直悟月轮绕地之理，与科学家密合，可谓神悟。

【注释】

①《天问》：是屈原的代表作之一，通篇是对天地、自然和人世等一切事物现象的发问，被誉为“千古万古至奇之作”。

《天问》节选

曰：遂古之初，谁传道之？

上下未形，何由考之？

冥昭瞢暗，谁能极之？

冯翼惟象，何以识之？

明明暗暗，惟时何为？

阴阳三合，何本何化？

圜则九重，孰营度之？

惟兹何功，孰初作之？

斡维焉系，天极焉加？

八柱何当，东南何亏？

九天之际，安放安属？

②辛弃疾《木兰花慢》（中秋饮酒将旦，客谓前人诗词，有赋待月，无送月者。因用《天问》体赋）

可怜今夕月，向何处、去悠悠？是别有人间，那边才见，光景东头。是天外，空汗漫，但长风、浩浩送中秋。飞镜无根谁系？姮娥不嫁谁留？

谓经海底问无由。恍惚使人愁。怕万里长鲸，纵横触破，玉殿琼楼。虾蟆故堪浴水，问云何、玉兔解沉浮？若道都齐无恙，云何渐渐如钩？

四十八

周介存[1]谓："梅溪词中喜用'偷'字，足以定其品格。"[2]刘融斋谓："周旨荡而史意贪。"[3]此二语令人解颐。

【注释】

①周介存：即周济，字介存。参见第十五则【注释】②。

②见周济《介存斋论词杂著》。

③刘融斋：即刘熙载。此句参见第三十二则【注释】③。

四十九

介存谓梦窗词之佳者，如"水光云影，摇荡绿波，抚玩无极，追寻已远"[1]。余览《梦窗甲乙丙丁稿》中，实无足当此者。有之，其"隔江人在雨声中，晚风菰叶生秋怨"[2]二语乎？

【注释】

①周济《介存斋论词杂著》："梦窗非无生涩处，总胜空滑。况其佳者，水光云影，摇荡绿波，抚玩无极，追寻已远。"

②吴文英《踏莎行》

润玉笼绡，檀樱倚扇。绣圈犹带脂香浅。榴心空叠舞裙红，艾枝应压愁鬟乱。　午梦千山，窗阴一箭。香瘢新褪红丝腕。**隔江人在雨声中，晚风菰叶生秋怨。**

五十

梦窗之词，吾得取其词中之一语以评之曰："映梦窗零乱碧。"[1]玉田之词，余得取其词中之一语以评之曰："玉老田荒。"[2]

【注释】

①吴文英《秋思》（荷塘，为括苍名姝求赋其听雨小阁）

堆枕香鬟侧。骤夜声，偏称画屏秋色。风碎串珠，润侵歌板，愁压眉窄。动罗箑清商，寸心低诉叙怨抑。**映梦窗零乱碧。**待涨绿春深，落花香泛，料有断红流处，暗题相忆。　欢酌。檐花细滴。送故人、粉黛重饰。漏侵琼瑟，丁东敲断，弄晴月白。怕一曲《霓裳》未终，催去骖凤翼。叹谢客犹未识。漫瘦却东阳，镫前无梦到得。路隔重云雁北。

②张炎《祝英台近》（与周草窗话旧）

水痕深，花信足，寂寞汉南树。转首青阴，芳事顿如许。不知多少消魂，夜来风雨。犹梦到、断红流处。　最无据。长年息影空山，愁入庾郎句。**玉老田荒，**心事已迟暮。几回听得啼鹃，不如归去。终不似、旧时鹦鹉。

五十一

"明月照积雪"[1]"大江流日夜"[2]"中天悬明月"[3]"长河落日圆"[4]，此种境界，可谓千古壮观。求之于词，唯纳兰容若[5]塞上之作，如《长相思》之"夜深千帐灯"[6]，《如梦令》之"万帐穹庐人醉，星影摇摇欲坠"[7]，差近之。

【注释】

①谢灵运《岁暮》

殷忧不能寐，苦此夜难颓。

明月照积雪，朔风劲且哀。

运往无淹物，年逝觉已催。

②谢朓《暂使下都夜发新林至京邑赠西府同僚》

大江流日夜，客心悲未央。

徒念关山近，终知反路长。

秋河曙耿耿，寒渚夜苍苍。

引顾见京室，宫雉正相望。

金波丽鳷鹊，玉绳低建章。

驱车鼎门外，思见昭丘阳。

驰晖不可接，何况隔两乡？

风云有鸟路，江汉限无梁。

常恐鹰隼击，时菊委严霜。

寄言罻罗者，寥廓已高翔。

③“中天悬明月”，参见第八则【注释】②杜甫《后出塞五首》之二。

④王维《使至塞上》

单车欲问边，属国过居延。

征蓬出汉塞，归雁入胡天。

大漠孤烟直，**长河落日圆。**

萧关逢候骑，都护在燕然。

⑤纳兰容若：即纳兰性德（1655—1685年），字容若，号楞伽山人，大学士纳兰明珠长子，清词人。经史百家无所不窥，谙悉传统学术文

化，尤好填词。康熙二十四年患急病去世，年仅三十一岁。词作现存三百四十八首，词集名《纳兰词》，有单行本。著《通志堂集》。况周颐在《蕙风词话》中誉其为“国初第一词手”。

⑥纳兰性德《长相思》

山一程，水一程。身向榆关那畔行，**夜深千帐灯。**

风一更，雪一更。聒碎乡心梦不成，故园无此声。

⑦纳兰性德《如梦令》

万帐穹庐人醉，星影摇摇欲坠。归梦隔狼河，又被河声搅碎。还睡，还睡，解道醒来无味。

五十二

纳兰容若以自然之眼观物，以自然之舌言情。此由初入中原，未染汉人风气，故能真切如此。北宋以来，一人而已。[1]

【注释】

①陈维崧《词评》：“纳兰词，哀感顽艳，得南唐二主之遗。”

周之琦《箧中词》：“纳兰容若，李重光后身也。”

夏承焘《词人纳兰容若手简·前言》：“他是满族中一位最早笃好汉文学而卓有成绩的文人，他的令词，是五代李煜、北宋晏几道以来一位名家。”

五十三

陆放翁跋《花间集》谓："唐季五代，诗愈卑，而倚声者辄简古可爱。能此不能彼，未易以理推也。"《提要》驳之，谓："犹能举七十斤者，举百斤则蹶。举五十斤则运掉自如。"[1]其言甚辨。然谓词必易于诗，余未敢信。善乎陈卧子[2]之言曰："宋人不知诗而强作诗，故终宋之世无诗。然其欢愉愁怨之致，动于中而不能抑者，类发于诗余，故其所造独工。"[3]五代词之所以独胜，亦以此也。

【注释】

①《四库全书总目提要》集部词曲类一："《花间集》后有陆游二跋。其二称：'唐季五代，诗愈卑，而倚声者辄简古可爱。能此不能彼，未易以理推也。'不知文之体格有高卑，人之学力有强弱。学力不足副其体格，则举之不足；学力足以副其体格，则举之有余。律诗降于古诗，故中晚唐古诗多不工，而律诗则时有佳作。词又降于律诗，故五季人诗不及唐，词乃独胜。此犹能举七十斤者，举百斤则蹶，举五十斤则运掉自如，有何不可理推乎？"

②陈卧子：即陈子龙（1608—1647年），初名介，后改名子龙；初字人中，后改字卧子，又字懋中；晚号大樽、海士、轶符、於陵孟公等。明末诗人、词人、散文家。为云间诗派代表人物，被认为是明代最后一个大诗人。工词，为婉约词名家、云间词派盟主，被誉为"明代第一词人"。清兵陷南京后，他组织抗清，事败后被捕。永历元年（1647年）投水殉国。

③陈子龙《王介人诗余·序》："宋人不知诗而强作诗。其为诗也，言理而不言情，故终宋之世无诗焉。然宋人亦不免于有情也。故凡其欢愉愁

怨之致，动于中而不能抑者，类发于诗余。故其所造独工，非后世可及。盖以沈至之思而出之必浅近，使读之者骤遇如在耳目之表，久诵而得沈永之趣，则用意难也。以儇利之词，而制之实工炼，使篇无累句，句无累字，圆润明密，言如贯珠，则铸词难也。其为体也纤弱，所谓明珠翠羽，尚嫌其重，何况龙鸾？必有鲜妍之姿，而不藉粉泽，则设色难也。其为境也婉媚，虽以警露取妍，实贵含蓄，有余不尽，时在低徊唱叹之际，则命篇难也。唯宋人专力事之，篇什既多，触景皆会。天机所启，若出自然。虽高谈大雅，而亦觉其不可废。何则？物有独至，小道可观也。”

五十四

四言[①]敝[②]而有《楚辞》[③]，《楚辞》敝而有五言，五言敝而有七言，古诗[④]敝而有律绝[⑤]，律绝敝而有词。盖文体通行既久，染指遂多，自成习套。豪杰之士，亦难于其中自出新意，故遁而作他体，以自解脱。一切文体所以始盛终衰者，皆由于此。故谓文学后不如前，余未敢信。但就一体论，则此说固无以易也。

【注释】

①四言：四字一句的诗歌，代表作是《诗经》。

②敝：破旧，衰败。

③《楚辞》：屈原创作的一种新诗体，后世称这种文体为“楚辞体”、骚体。也是我国第一部浪漫主义诗歌总集，由西汉刘向编辑成集。

④古诗：即古体诗，又叫古风，格律自由，不拘对仗、平仄，押韵较宽，

篇幅长短不限，句子有四言、五言、六言、七言体和杂言体。

⑤律绝：律诗和绝句，讲究押韵、对仗、平仄等。

五十五

诗之《三百篇》①《十九首》②，词之五代、北宋，皆无题也。非无题也，诗词中之意，不能以题尽之也。自《花庵》③《草堂》④每调立题，并古人无题之词亦为之作题，如观一幅佳山水，而即曰此某山某河，可乎？诗有题而诗亡，词有题而词亡。然中材之士，鲜能知此而自振拔者矣。

【注释】

①《三百篇》：即《诗经》，最早的一部诗歌总集。

②《十九首》：即《古诗十九首》，产生的年代在东汉顺帝末到献帝前，即140—190年之间。五言古诗的代表作，为南朝萧统从《古诗》中选录十九首编入《昭明文选》而成。刘勰《文心雕龙》称其为“五言之冠冕”。

③《花庵》：即《花庵词选》，南宋黄升编，共二十卷。前十卷选唐宋诸贤之词，选唐、五代、北宋词人作品；后十卷选中兴以来南宋各词人之作品。展示了从唐到宋文人词发展的历程。

④《草堂》：即《草堂诗余》，作者不详，有人认为是南宋何士信编选。词作以宋词为主，兼收一部分唐、五代词。

五十六

大家之作，其言情也必沁人心脾；其写景也必豁人耳目。其辞脱口而出，无矫揉妆束之态[1]。以其所见者真，所知者深也。诗词皆然。持此以衡古今之作者，可无大误矣。

【注释】

①王国维《宋元戏曲考序》："往者读元人杂剧而善之，以为能道人情，状物态，词采俊拔，而出乎自然，盖古所未有，而后人所不能仿佛也。"《宋元戏曲考》："然元剧最佳之处，不在其思想结构，而在其文章。其文章之妙，亦一言以蔽之，曰：有意境而已矣。何以谓之有意境？曰：写情则沁人心脾，写景则在人耳目，述事则如出其口是也。古诗词之佳者，无不如是。元曲亦然。"

五十七

人能于诗词中不为美刺投赠之篇，不使隶事之句，不用粉饰之字，则于此道已过半矣。[1]

【注释】

①王国维《论哲学家与美术家之天职》："诗歌之方面，则咏史、怀古、感事、赠人之题目弥满充塞于诗界，而抒情叙事之作什佰不能得一。其有美术上之价值者，仅其写自然之美之一方面耳。甚至戏曲、小说之纯文学，

亦往往以惩劝为旨，其有纯粹美术上之目的者，世非唯不知贵且加贬焉。”

五十八

以《长恨歌》之壮采，而所隶之事，只“小玉双成”四字[①]，才有余也。梅村[②]歌行，则非隶事不办[③]。白吴[④]优劣，即于此见。不独作诗为然，填词家亦不可不知也。

【注释】

①白居易《长恨歌》：“金阙西厢叩玉扃，转教小玉报双成。”“小玉”为吴王夫差女，“双成”即董双成，神话中的西王母侍女，这里借指太真侍女。

②梅村：即吴伟业（1609—1672年），字骏公，号梅村，别署鹿樵生、灌隐主人、大云道人，江苏太仓人。明末清初著名诗人，与钱谦益、龚鼎孳并称“江左三大家”。长于七言歌行，初学“长庆体”，后自成新吟，称之为“梅村体”。

③吴伟业《圆圆曲》《永和宫词》等，使用典故甚多。

④白吴：白，指白居易，吴，指吴伟业。

白居易（772—846年），字乐天，号香山居士，又号醉吟先生。唐代三大诗人之一。与元稹倡导新乐府运动，世称“元白”。诗歌题材广泛，语言平易，有“诗魔”和“诗王”之称。有《白氏长庆集》传世，代表诗作有《长恨歌》《卖炭翁》《琵琶行》等。

五十九

近体诗[1]体制，以五七言绝句为最尊，律诗次之，排律[2]最下。盖此体于寄兴言情，两无所当，殆有韵之骈体文耳。词中小令如绝句，长调似律诗，若长调之《百字令》《沁园春》[3]等，则近于排律矣。

【注释】

①近体诗：又称格律诗，是初唐之后形成的诗歌体裁，讲究平仄、对仗和押韵。代表诗人有李白、杜甫、李商隐等。

②排律：指超过八句以上的律诗，又称长律。格式不拘，但同样要严格遵守平仄、对仗、押韵等规则。

③《百字令》《沁园春》：都是词牌名。

六十

诗人对宇宙人生，须入乎其内，又须出乎其外。入乎其内，故能写之。出乎其外，故能观之。入乎其内，故有生气。出乎其外，故有高致。美成能入而不出。白石以降，于此二事皆未梦见。[1]

【注释】

①周济《宋四家词选目录序论》："夫词，非寄托不入，专寄托不出。一事一物，引而伸之，触类多通，驱心若游丝之罥飞英，含毫如郢斤之斫

蝇翼。以无厚入有间，既习已，意感偶生，假类毕达，阅载千百，謦欬弗违，斯入矣。赋情独深，逐境必寤，酝酿日久，冥发妄中；虽铺叙平淡，摹绘浅近，而万感横集，五中无主；读其篇者，临渊窥鱼，意为鲂鲤，中宵惊电，罔识东西，赤子随母笑啼，乡人缘剧喜怒，抑可谓能出矣。”

“初学词求有寄托，有寄托则表里相宜，斐然成章；即承格调，求无寄托，无寄托则指事类情，仁者见仁，智者见智。”

王国维《国学丛刊序》：“夫天下之事物，非由全不足以知曲，非致曲不足以知全。虽一物之解释，一事之决断，非深知宇宙人生之真相者，不能为也。而欲知宇宙、人生者，虽宇宙中之一现象，历史上之一事实，亦未始无所贡献。故深湛幽渺之思，学者有所不避焉；迂远烦琐之讥，学者有所不辞焉。事物无大小，无远近，苟思之得其真，纪之得其实，极其会归，皆有裨于人类之生存福祉。……学问之所以为古今、中西所崇敬者，实由于此……世之君子可谓知有用之用，而不知无用之用者矣。”

六十一

诗人必有轻视外物之意，故能以奴仆命风月[1]。又必有重视外物之意，故能与花鸟共忧乐。

【注释】

①风月：原指清风明月，语出汉武帝《李夫人赋》：“徙倚云日，裴回风月。”《南史·褚彦回传》：“初秋凉夕，风月甚美。”后来引申为男女情爱等。如韦庄《多情》诗：“一生风月供惆怅，到处烟花恨别离。”

六十二

“昔为倡家女，今为荡子妇。荡子行不归，空床难独守”[1]，“何不策高足，先据要路津？无为守穷贱，轗轲长苦辛”[2]，可谓淫鄙之尤。然无视为淫词鄙词者，以其真也。五代、北宋之大词人亦然。然非无淫词，读之者但觉其亲切动人。非无鄙词，但觉其精力弥满。可知淫词与鄙词之病，非淫与鄙之病，而游词[3]之病也。“岂不尔思？室是远而。”而子曰：“未之思也，夫何远之有？”[4]恶其游也。

【注释】

①《古诗十九首》第二

青青河畔草，郁郁园中柳。

盈盈楼上女，皎皎当窗牖。

娥娥红粉妆，纤纤出素手。

昔为倡家女，今为荡子妇。

荡子行不归，空床难独守。

②《古诗十九首》第四

今日良宴会，欢乐难具陈。

弹筝奋逸响，新声妙入神。

令德唱高言，识曲听其真。

齐心同所愿，含意俱未申。

人生寄一世，奄忽若飙尘。

何不策高足，先据要路津？

无为守穷贱，轗轲长苦辛。

③金应珪《词选后序》：“近世为词，厥有三蔽：义非宋玉而独赋蓬发，谏谢淳于而唯陈履舄，揣摩床笫，污秽中冓，是为淫词，其蔽一也。猛起奋末，分言析字，诙嘲则俳优之末流，叫啸则市侩之盛气，此犹巴人振喉以和阳春，黾蜮怒嗌以调疏越，是为鄙词，其蔽二也。规模物类，依托歌舞，哀乐不衷其性，虑叹无与乎情，连章累篇，义不出乎花鸟，感物指事，理不外乎酬应，虽既雅而不艳，斯有句而无章，是谓游词，其蔽三也。”

④《论语·子罕》：“唐棣之华，偏其反而。岂不尔思，室是远而。子曰：未之思也，夫何远之有？”

六十三

“枯藤老树昏鸦。小桥流水平沙[1]**。古道西风瘦马。夕阳西下。断肠人在天涯。”此元人马东篱**[2]**《天净沙》**[3]**小令也。寥寥数语，深得唐人绝句妙境**[4]**。有元一代词家，皆不能为此也。**

【注释】

①平沙：除《历代诗余》外，其他各个版本如《乐府新声》、周德清《中原音韵定格》、蒋仲舒《尧山堂外纪》等，“平沙”均作“人家”。

②马东篱：即马致远（约1250—1321至1324年间），字千里，号东篱，元代著名杂剧家、散曲家，元大都（今北京）人。有“曲状元”之誉，

与关汉卿、郑光祖、白朴并称“元曲四大家”。代表作有《汉宫秋》。

③马致远《天净沙》（秋思）

枯藤老树昏鸦，小桥流水人家，古道西风瘦马。夕阳西下，断肠人在天涯。

④王国维《宋元戏曲考》：“《天净沙》小令，纯是天籁，仿佛唐人绝句。马东篱《秋思》一套，周德清评之，以为万中无一，明王元美等亦推为套数第一，诚定论也。”

六十四

白仁甫[1]《秋夜梧桐雨》剧，沉雄悲壮，为元曲冠冕。然所作《天籁词》[2]，粗浅之甚，不足为稼轩奴隶。岂创者易工，而因者难巧欤？抑人各有能有不能也？读者观欧秦[3]之诗，远不如词，足透此中消息。

【注释】

①白仁甫：即白朴（1226—约1306年），原名恒，字仁甫，后改名朴，字太素，号兰谷。元代著名杂剧作家，与关汉卿、马致远、郑光祖并称为“元曲四大家”。代表作有《唐明皇秋夜梧桐雨》《裴少俊墙头马上》《董秀英花月东墙记》等。

②白朴也长于填词，一生作词一百〇四首，存《天籁集》二卷。

③欧：指欧阳修；秦：指秦观。

宣统庚戌九月脱稿于京师定武城南寓庐

人间词话·卷下

一

白石之词，余所最爱者，亦仅二语，曰：“淮南皓月冷千山，冥冥归去无人管。”[1]

【注释】

①姜夔《踏莎行》（自沔东来。丁未元日至金陵，江上感梦而作）

燕燕轻盈，莺莺娇软，分明又向华胥见。夜长争得薄情知？春初早被相思染。　别后书辞，别时针线。离魂暗逐郎行远。**淮南皓月冷千山，冥冥归去无人管。**

二

双声叠韵[1]之论，盛于六朝，唐人犹多用之。至宋以后，则渐不讲，并不知二者为何物。乾嘉间，吾乡周松霭先生（春）[2]著《杜诗双声叠韵谱括略》，正千余年之误，可谓有功文苑者矣。其言曰：“两字同母谓之双声，两字同

韵谓之叠韵。”余按用今日各国文法通用之语表之，则两字同一子音者谓之双声。如《南史·羊元保传》之“官家恨狭，更广八分”，“官、家、更、广”四字，皆从“k”得声。《洛阳伽蓝记》[3]之“狞奴慢骂”，“狞、奴”二字皆从“n”得声。“慢、骂”，二字皆从“m”得声也。两字同一母音者，谓之叠韵。如梁武帝[4]“后牖有朽柳”，“后、牖、有”三字，双声而兼叠韵。“有、朽、柳”三字，其母音皆为“u”。刘孝绰[5]之“梁皇长康强”，“梁、长、强”三字，其母音皆为“ian”也[6]。自李淑[7]《诗苑》伪造沈约[8]之说，以双声叠韵为诗中八病之二[9]，后世诗家多废而不讲，亦不复用之于词。余谓苟于词之荡漾处多用叠韵，促节处用双声，则其铿锵可诵，必有过于前人者。惜世之专讲音律者，尚未悟此也。

【注释】

①双声叠韵：双声叠韵是汉语的一种声韵现象。简单说来，“双声”就是一个双音节词中两个字的汉语拼音的声母相同。“叠韵”就是两个字的韵母相同是叠韵。在对联和诗歌中比较常见，恰当地使用双声叠韵会有一种音乐美。

②周春（1729—1815年），字芚兮，号松霭，晚号黍谷居士，又号内乐村叟，清代学术家。一生勤于著述，音韵学方面的著作有《十三经音略》《杜诗双声叠韵谱》《小学余论》，合称《音学三书》；经学有《古文尚书》《尔雅补注》《续经籍题跋》等；史学有《西夏书》《代北姓谱》《辽金元姓谱》《辽诗话》等；地方掌故有《海昌胜览》《海昌拾遗》《海潮说》。

其他还有《松霭吟稿》《松霭诗话》《选材录》《类说》《恶昙奥论》《佛尔雅》等。还是最早研究《红楼梦》的学者之一，早在乾隆五十九年（1794年），就写出了我国第一部红学专著《阅〈红楼梦〉随笔》。

③《洛阳伽蓝记》：简称《伽蓝记》，古代佛教史籍。“伽蓝”一词，即梵语“僧伽蓝摩”之略称，意为“众园”或“僧院”，是佛寺的统称。是东魏迁都邺城十余年后，抚军司马杨衒之重游洛阳，追记劫前城郊佛寺之盛，概况历史变迁，写成的一部集历史、地理、佛教、文学于一身的笔记著作，成书于547年（东魏武定五年）。后世将《洛阳伽蓝记》与郦道元的《水经注》、颜之推的《颜氏家训》并称为中国北朝时期的三部杰作。

④梁武帝：萧衍（464—549年），字叔达，小字练儿，南北朝梁朝政权的建立者。在位长达四十八年，晚年爆发“侯景之乱”，都城陷落，被侯景囚禁，死于台城，谥号武皇帝，庙号高祖。

⑤刘孝绰（481—539年），字孝绰，本名冉，小字阿士，彭城（今江苏徐州）人。南朝齐梁时期著名诗人，号“神童”。年十四，代父起草诏诰。明人辑有《刘秘书集》。

⑥葛立方《韵语阳秋》卷四引陆龟蒙诗序：“叠韵起自梁。武帝云：‘后牖有朽柳。’当时侍从之臣皆倡和。刘孝绰云：‘梁皇长康强。’沈休文云：‘偏眠船舷边。’庾肩吾云：‘载碓每碍埭。’自后用此体作为小诗者多矣。”

⑦李淑（1002—1059年），字献臣，号邯郸，徐州丰（今丰县）人，北宋著名藏书家。纂修有《国朝会要》《三朝训鉴图》等；文集有《邯郸集》《诗苑类格》等一百余卷，多已不存。

⑧沈约（441—513年），字休文，吴兴武康（今浙江湖州德清）人，南朝史学家、文学家。历仕宋、齐、梁三朝。著有《晋书》《宋书》《齐纪》

《高祖纪》等，撰《四声谱》。作品除《宋书》外，多已亡佚。

⑨周春《杜诗双声叠韵谱括略》七，引李淑《诗苑》：“梁沈约云：‘诗病有八：七曰旁纽，八曰正纽。’”（谓十字内两字双声为“正纽”，若不共一字而有双声为“旁纽”。如“流六”为正纽，“流柳”为旁纽。)(周春按:“正纽、旁纽皆指双声而言。观神珙之图，自可悟入。”若此注所云，则旁纽即叠韵矣。非。)

三

诗至唐中叶以后，殆为羔雁之具[1]**矣。故五代、北宋之诗，佳者绝少，而词则为其极盛时代。即诗词兼擅如永叔、少游者，词胜于诗远甚。以其写之于诗者，不若写之于词者之真也。至南宋以后，词亦为羔雁之具，而词亦替矣。此亦文学升降之一关键也。**

【注释】

①羔雁之具：羔雁，指小羊与雁，古代卿大夫相见时的礼品。典出《礼记·曲礼》：“凡贽，天子鬯，诸侯圭，卿羔，大夫雁。”后遂以“羔雁之具”为礼聘之物。这里指应酬无聊之物。

四

曾纯甫[1]**中秋应制，作《壶中天慢》**[2]**词，自注云：“是**

夜，西兴亦闻天乐。”谓宫中乐声，闻于隔岸也。毛子晋③谓：“天神亦不以人废言。”④近冯梦华⑤复辨其诬⑥。不解“天乐”二字文义，殊笑人也！

【注释】

①曾纯甫：即曾觌（dí）（1109—1180 年），字纯甫，汴京（今河南开封）人。南宋词人，有《海野词》。

②曾觌《壶中天慢》（此进御月词也。上皇大喜曰：“从来月词不曾用‘金瓯’事，可谓新奇。”赐金束带、紫番罗、水晶碗。上亦赐宝盏。至一更五点还宫。是夜，西兴亦闻天乐焉）

素飙漾碧，看天衢稳送，一轮明月。翠水瀛壶人不到，比似世间秋别。玉手瑶笙，一时同色，小按《霓裳》叠。天津桥上，有人偷记新阕。

当日谁幻银桥？阿瞒儿戏，一笑成痴绝。肯信群仙高宴处，移下水晶宫阙。云海尘清，山河影满，桂冷吹香雪。何劳玉斧，金瓯千古无缺。

③毛子晋：即毛晋（1599—1659 年），原名凤苞，字子久。后改字子晋，号潜在，别号汲古主人。常熟（今属江苏省）人。明末著名藏书家、刻书家、文学家、经学家。早年师从钱谦益。编著甚多，有《毛诗陆疏广要》《苏米志林》《海虞古今文苑》《毛诗名物考》《明诗纪事》《隐湖题跋》等。

④毛晋跋《海野词》：“（曾觌）不时赋词进御，赏赉甚渥。致进月词一夕，西兴共闻天乐，岂天神亦不以人废言耶？”

⑤冯梦华：即冯煦，字梦华。参见卷上第二十八则【注释】①。

⑥冯煦《宋六十一家词选例言》：“曾纯甫赋进御月词，其自记云：‘是夜，西兴亦闻天乐。’子晋遂谓‘天神亦不以人废言’，不知宋人每好自神其说。白石道人尚欲以巢湖风驶归功于《平调满江红》，于海野何讥焉？”

五

北宋名家以方回[①]为最次，其词如历下[②]、新城[③]之诗，非不华赡，惜少真味。

【注释】

①方回：即贺铸，见卷上第二十八则【注释】②。

②历下：即李攀龙（1514—1570年），字于鳞，号沧溟，历城（今山东济南）人。明代文学家、诗人，“后七子”之一。著有《古今诗删》《沧溟集》等。

③新城：即王士祯（1634—1711年），原名王士禛，字子真，一字贻上，号阮亭，别号渔洋山人，世称王渔洋，谥文简。新城（今山东桓台）人。清代著名诗人，与朱彝尊并称“南朱北王”。诗论创“神韵”说。著有词集《衍波词》等。好为笔记，有《池北偶谈》等。

六

散文易学而难工，骈文难学而易工。近体诗易学而难工，古体诗难学而易工。小令[①]易学而难工，长调[②]难学而易工。

【注释】

①小令：词调体式之一，指篇幅短小的词，通常以五十八字以内的短词为小令，如《十六字令》《如梦令》等，但词中称“令”的，并非都是小令，如《百字令》有百字之多。

②长调：词调体式之一，指词调中的长曲。明刻本《类编草堂诗余》中以九十一字以上者为长调，似无根据，但因已通行，所以一般皆沿用之。

七

古诗云："谁能思不歌？谁能饥不食？"[1]诗词者，物之不得其平而鸣者也。[2]故欢愉之辞难工，愁苦之言易巧。[3]

【注释】

①晋宋齐辞《子夜歌》："**谁能思不歌？谁能饥不食？**日冥当户倚，惆怅底不忆。"

②韩愈《送孟东野序》："大凡物不得其平则鸣……人之于言亦然，有不得已者而后言，其歌也有思，其哭也有怀。凡出乎口而为声者，其皆有弗平者乎？"

③韩愈《荆谭倡和诗序》："夫和平之音淡薄，而愁思之声要妙；欢愉之辞难工，而穷苦之言易好也。"

欧阳修《梅圣俞诗集序》："予闻世谓诗人少达而多穷，夫岂然哉！盖世所传诗者，多出于古穷人之辞也……盖愈穷则愈工。然则非诗之能穷人，殆穷者而后工也。"

陈廷焯《白雨斋词话》："诗以穷而后工，倚声亦然。故仙词不如鬼词，哀则幽郁，乐则浅显也。"

八

社会上之习惯，杀许多之善人。文学上之习惯，杀许多之天才。

九

昔人论诗词，有景语情语之别，不知一切景语皆情语也。[1]

【注释】

①王夫之《姜斋诗话》：“关情者景，自与情相为珀芥也。情景虽有在心在物之分，而景生情，情生景，哀乐之触，荣悴之迎，互藏其宅。”“情景名为二，而实不可离。神于诗者，妙合无垠。巧者则有情中景，景中情。”王夫之《唐诗评选》：“景中生情，情中含景。故曰：景者情之景，情者景之情也。”

李渔《窥词管见》云：“词虽不出情景二字，然二字亦分主客。情为主，景是客。说景即是说情，非借物遣怀，即将人喻物。”

十

词家多以景寓情。其专作情语而绝妙者，如牛峤[1]之“须作一生拼，尽君今日欢”[2]，顾敻[3]之“换我心为你心，

始知相忆深”[④]，欧阳修之“衣带渐宽终不悔，为伊消得人憔悴”[⑤]，美成之“许多烦恼，只为当时，一晌留情”[⑥]。此等词，求之古今人词中，曾不多见。

【注释】

①牛峤（约890年前后在世），字松卿，一字延峰，陇西狄道（今甘肃临洮）人，唐末词人，中唐宰相牛僧孺之孙。历官拾遗，补尚书郎，后人又称“牛给事”。词风格类温庭筠。现存词三十三首，诗六首。

②牛峤《菩萨蛮》

玉炉冰簟鸳鸯锦，粉融香汗流山枕。帘外辘轳声，敛眉含笑惊。

柳阴烟漠漠，低鬓蝉钗落。**须作一生拚，尽君今日欢。**

③顾夐（xiòng）：五代词人，字琼之。生卒年、籍贯不详。词风绮丽却不浮靡，意象十分清新生动，情致极其悱恻缠绵。《花间集》收词五十五首。

④顾夐《诉衷情》

永夜抛人何处去？绝来音。香阁掩，眉敛月将沉。

争忍不相寻？怨孤衾。**换我心为你心，始知相忆深。**

⑤柳永《凤栖梧》词，参见卷上第二十六则【注释】③。此词误入《欧阳文忠公近体乐府》及《醉翁琴趣外编》，唯汲古阁本《六一词》则已删去。

⑥周邦彦《庆宫春》

云接平冈，山围寒野，路回渐转孤城。衰柳啼鸦，惊风驱雁，动人一片秋声。

倦途休驾，淡烟里，微茫见星。尘埃憔悴，生怕黄昏，离思牵萦。

华堂旧日逢迎。花艳参差，香雾飘零。弦管当头，偏怜娇凤，夜深簧暖笙清。

眼波传意，恨密约匆匆未成。**许多烦恼，只为当时，一晌留情。**

十一

词之为体，要眇宜修[1]**。能言诗之所不能言，而不能尽言诗之所能言。诗之境阔，词之言长。**[2]

【注释】

①屈原《楚辞·九歌·湘君》："君不行兮夷犹，蹇谁留兮中洲？**美要眇兮宜修，**沛吾乘兮桂舟。"

要眇：形容容貌妙丽。宜修：妆扮得恰到好处。

②缪越《论词》："词遂肇兴……此新体有各种殊异之调，而每调中句法参差，音节抗坠，较诗体为轻灵变化而有弹性，要眇之情，凄迷之境，诗中或不能尽，而此新体反适于表达。……故自其疏阔者言之，词与诗为同类，而与文殊异；自其精细者言之，词与诗又不同，诗显而词隐，诗直而词婉，诗有时质言而词更多比兴，诗尚能敷畅而词尤贵酝藉。"

十二

言气质[1]**，言神韵**[2]**，不如言境界。有境界，本也。气质神韵，末也。有境界而二者随之矣。**

【注释】

①气质：这里指诗词作品的风格、风骨。气质一词是古代文论家常用的概念。曹丕《典论·论文》认为"文以气为主"，又说"气之清浊有体"。文章之"气"来源于作者之"气"，所以古代文人都特别重视养气。

刘勰《文心雕龙·体性》云："才有庸俊，气有刚柔，学有深浅，习有雅郑。并情性所铄，陶染所凝。是以笔区云谲，文苑波诡者矣。"在《文心雕龙》中专列《养气》一篇，论述养气、固气的方式。

沈约《宋书谢灵运传论》云："子建、仲宣以气质为体。"

②神韵：中国古代诗论的一种诗歌创作和评论主张。

南朝钟嵘在《诗品序》中始言"滋味"："五言居文词之要，是众作之有滋味者也。"

司空图在《二十四诗品》中主张诗歌要有"韵外之致""味外之旨"，强调冲淡平和的风格；"不着一字，尽得风流""遇之匪深，即之愈稀"，要求具有含蓄蕴藉之美。

严羽在《沧浪诗话》中说："盛唐诗人唯在兴趣""诗之极致有一：曰入神。"认为诗歌创作"不涉理路，不落言筌""羚羊挂角，无迹可求"。

清代王士祯在前人基础上，提出"神韵说"，主张诗歌要"神韵天然""兴会超妙""兴会神到""得言有尽而意无穷"。

十三

"秋风吹渭水，落叶满长安。"①美成以之入词，②白仁甫以之入曲，③此借古人之境界为我之境界者也。然非自有境界，古人亦不为我用。

【注释】

①贾岛《忆江上吴处士》

闽国扬帆去，蟾蜍亏复圆。

秋风吹渭水，落叶满长安。

此夜聚会夕，当时雷雨寒。

兰桡殊未返，消息海云端。

贾岛（779—843年），字阆仙，人称“诗奴”，又名瘦岛，河北道幽州范阳县（今河北涿州市）人。早年出家为僧，号无本，自号“碣石山人”。为唐代著名的“苦吟派”诗人。

②周邦彦《齐天乐》（秋思）

绿芜雕尽台城路，殊乡又逢秋晚。暮雨生寒，鸣蛩劝织，深阁时闻裁剪。云窗静掩。叹重拂罗裀，顿疏花簟。尚有练囊，露萤清夜照书卷。

荆江留滞最久，故人相望处，离思何限？**渭水西风，长安乱叶，**空忆诗情宛转。凭高眺远。正玉液新篘，蟹螯初荐。醉倒山翁，但愁斜照敛。

③白朴《双调·得胜乐》（秋）

玉露冷，蛩吟砌。**听落叶西风渭水，**寒雁儿长空嘹唳。陶元亮醉在东篱。

又《梧桐雨》杂剧第二折“普天乐”：“恨无穷，愁无限。争奈仓卒之际，避不得蓦岭登山。銮驾迁，成都盼。更哪堪浐水西飞雁，一声声送上雕鞍。伤心故园。**西风渭水，落日长安。**”

十四

长调自以周、柳、苏、辛[1]为最工。美成《浪淘沙》二词[2]，精壮顿挫，已开北曲[3]之先声。若屯田之《八声甘州》[4]，东坡之《水调歌头》[5]，则伫兴之作，格高千古，不能以常调论也[6]。

【注释】

①周、柳、苏、辛指周邦彦、柳永、苏轼、辛弃疾。

②周邦彦《浪淘沙慢》

晓阴重，霜凋岸草，雾隐城堞。南陌脂车待发，东门帐饮乍阕。正拂面、垂杨堪揽结。掩红泪、玉手亲折。念汉浦离鸿去何许？经时信音绝。

情切。望中地远天阔。向露冷，风清无人处，耿耿寒漏咽。嗟万事难忘，唯是轻别。翠尊未竭。凭断云，留取西楼残月。　罗带光销纹衾叠。连环解、旧香顿歇。怨歌永、琼壶敲尽缺。恨春去、不与人期，弄夜色，空余满地梨花雪。

《浪淘沙慢》

万叶战，秋声露结，雁度沙碛。细草和烟尚绿，遥山向晚更碧。见隐隐、云边新月白。映落照、帘幕千家，听数声、何处倚楼笛。装点尽秋色。

脉脉。旅情暗自消释。念珠玉临水犹悲感，何况天涯客？忆少年歌酒，当时踪迹。岁华易老，衣带宽、懊恼心肠终窄。　飞散后、风流人阻。蓝桥约、怅恨路隔。马蹄过、犹嘶旧巷陌。叹往事、一一堪伤，旷望极。凝思又把阑干拍。

③北曲：即元杂剧及散曲的合称，因其主要流行在北方大都（今北京）一带，故称“北曲”，以与同时在南方温州一带流行的南戏相区别。

④柳永《八声甘州》

对潇潇暮雨洒江天，一番洗清秋。渐霜风凄惨，关河冷落，残照当楼。是处红衰翠减，苒苒物华休。唯有长江水，无语东流。　不忍登高临远，望故乡渺邈，归思难收。叹年来踪迹，何事苦淹留？想佳人、妆楼颙望，误几回、天际识归舟。争知我、倚阑干处，正恁凝愁。

⑤苏轼《水调歌头》（丙辰中秋，欢饮达旦，大醉。作此篇，兼怀子由）

明月几时有？把酒问青天。不知天上宫阙，今夕是何年。我欲乘风归去，又恐琼楼玉宇，高处不胜寒。起舞弄清影，何似在人间。　　转朱阁，低绮户，照无眠。不应有恨，何事长向别时圆？人有悲欢离合，月有阴晴圆缺，此事古难全。但愿人长久，千里共婵娟。

⑥宋赵令畤《侯鲭录》卷七引东坡云："人皆言柳耆卿俗，然如'渐霜风凄惨，关河冷落，残照当楼'，唐人高处，不过如此。"

胡仔《苕溪渔隐丛话》："中秋词，自东坡《水调歌头》一出，余词尽废。"

十五

稼轩《贺新郎》词《别茂嘉十二弟》[1]，章法绝妙。且语语有境界，此能品而几于神者。[2]然非有意为之，故后人不能学也。

【注释】

①辛弃疾《贺新郎》（别茂嘉十二弟）

绿树听鹈鴂。更那堪、鹧鸪声住，杜鹃声切。啼到春归无寻处，苦恨芳菲都歇。算未抵、人间离别。马上琵琶关塞黑，更长门、翠辇辞金阙。看燕燕，送归妾。　　将军百战身名裂。向河梁、回头万里，故人长绝。易水萧萧西风冷，满座衣冠似雪。正壮士、悲歌未彻。啼鸟还知如许恨，料不啼清泪长啼血。谁共我，醉明月？

②陈廷焯《白雨斋词话》："稼轩词，自以《贺新郎》别茂嘉十二弟一篇为冠。沉郁苍凉，跳跃动荡，古今无此笔力。"

十六

稼轩《贺新郎》词：“柳暗凌波路。送春归、猛风暴雨，一番新绿。”[1]又，《定风波》词：“从此酒酣明月夜。耳热。”[2]“绿”“热”二字皆作上去用。与韩玉[3]《东浦词·贺新郎》，以“玉”“曲”叶“注”“女”[4]，《卜算子》以“夜”“谢”叶“节”“月”，[5]已开北曲四声通押之祖[6]。

【注释】

①辛弃疾《贺新郎》

柳暗凌波路。送春归、猛风暴雨，一番新绿。千里潇湘葡萄涨，人解扁舟欲去。又樯燕、留人相语。艇子飞来生尘步，唾花寒、唱我新番句。波似箭，催鸣橹。　黄陵祠下山无数。听湘娥、泠泠曲罢，为谁情苦。行到东吴春已暮。正江阔潮平稳渡。望金雀、觚棱翔舞。前度刘郎今重到，问玄都千树花存否？愁为倩，么弦诉。

②辛弃疾《定风波》（自和）

金印累累佩陆离，河梁更赋断肠诗。莫拥旌旗真个去。何处。玉堂元自要论思。　且约风流三学士。同醉。春风看试几枪旗。**从此酒酣明月夜。耳热。**那边应是说侬时。

③韩玉，字温甫，南宋词人，著有《东浦词》，世人又称其“韩东浦”。

④韩玉《贺新郎》（咏水仙）

绰约人如玉。试新妆、娇黄半绿，汉宫匀注。倚傍小栏闲伫立，翠带风前似舞。记洛浦、当年俦侣。罗袜尘生香冉冉，料征鸿、微步凌波女。

惊梦断，楚江曲。　春工若见应为主。忍教都闲亭邃馆，冷风凄雨。待把此花都折取，和泪连香寄与。须信道、离情如许。烟水茫茫斜照里，是骚人、《九辨》招魂处。千古恨，与谁语？

⑤韩玉《卜算子》

杨柳绿成阴，初过寒食节。门掩金铺独自眠，那更逢寒夜。

强起立东风，惨惨梨花谢。何事王孙不早归，寂寞秋千月。

⑥四声通押：音韵学术语。解释上古音声调用语。清顾炎武最先使用此术语，出自《音学五书·音论》。顾氏认为四声之说起自南朝齐梁，但汉字读音自古以来就有迟疾轻重之别。他认为“四声可以并用”，也就是“四声一贯”。

十七

谭复堂[1]《箧中词选》[2]谓：“蒋鹿潭[3]《水云楼词》[4]与成容若[5]、项莲生[6]，二百年间，分鼎三足。”然《水云楼词》，小令颇有境界，长调唯存气格。《忆云词》[7]精实有余，超逸不足，皆不足与容若比。然视皋文[8]、止庵[9]辈，则倜乎远矣。

【注释】

①谭复堂：即谭献（1832—1901年），原名廷献，字仲修，号复堂，浙江仁和人。工骈体文，于词学致力尤深。其所选清人词为《箧中词选》，极为精审，学者奉为圭臬。生平好聚书、刻书，藏书数万卷，有一万二千余册。

②《箧中词选》：即《箧中词》，清词选本，谭献编选，正集六卷，续集四卷。选评合一，其中评语由其门人徐珂辑为《复堂词话》之一部分。

③蒋鹿潭：即蒋春霖（1818—1868 年），字鹿潭，江阴（今属江苏省）人。晚清词人。少年蒋春霖颖悟聪敏，资性过人，所作诗赋曾压倒词坛前辈强手，故有“乳虎”之称。

④《水云楼词》：为蒋春霖词集名，共二卷。大多为抒情、忆旧和感伤之作，其中不乏寄托思乡之情。

⑤成容若：即纳兰性德。因为他字容若，又原名成德，所以多称之为成容若。参见卷上第五十一则【注释】⑤。

⑥项莲生：即项鸿祚（1798—1835 年），后改名廷纪，字莲生，钱塘（今浙江杭州）人。清代词人，与龚自珍被称为“西湖双杰”。其词多表现抑郁、感伤之情。著有《水仙亭词》《忆云词甲乙丙丁稿》及“补遗”一卷等。

⑦《忆云词》：即《忆云词甲乙丙丁稿》，项鸿祚词集初名，后改为《忆云词》。

⑧皋文：即张惠言（1761—1802 年），原名一鸣，字皋文，一作皋闻，号茗柯，武进（今江苏常州）人。清代词人、散文家。深于易学，与惠栋、焦循一同被后世称为“乾嘉易学三大家”。又尝辑《词选》，为常州词派之开山，著有《茗柯文集》。

⑨止庵：即周济。参见卷上第十五则【注释】②。

十八

词家时代之说，盛于国初。竹垞[1]谓：词至北宋而大，至南宋而深。[2]后此词人，群奉其说。然其中亦非无具

眼[3]者。周保绪曰："南宋下不犯北宋拙率之病，高不到北宋浑涵之诣。"又曰："北宋词多就景叙情，故珠圆玉润，四照玲珑。至稼轩、白石，一变而为即事叙景，使深者反浅，曲者反直。"[4]潘四农（德舆）曰："词滥觞于唐，畅于五代，而意格之闳深曲挚，则莫盛于北宋。词之有北宋，犹诗之有盛唐。至南宋则稍衰矣。"[5]刘融斋（熙载）曰："北宋词用密亦疏，用隐亦亮，用沉亦快，用细亦阔，用精亦浑。南宋只是掉转过来。"[6]可知此事自有公论。虽止庵词颇浅薄，潘刘尤甚。然甚推尊北宋，则与明季云间诸公[7]同一卓识也。

【注释】

①竹垞：即朱彝尊（1629—1709年），字锡鬯，号竹垞，又号金风亭长，秀水（今浙江嘉兴）人。博通经史，诗与王士祯称南北两大宗（"南朱北王"）；作词风格清丽，为"浙西词派"的创始人，与陈维崧并称"朱陈"。与汪森合编《词综》，在词史上影响比较大。著有《曝书亭集》《日下旧闻》《经义考》，选《明诗综》，词集有《静志居琴趣》《江湖载酒集》等。

②"词至"二句：出自朱彝尊《词综·发凡》："世人言词，必称北宋。然词至南宋始极其工，至宋季而始极其变。"

③具眼：具有识别事物的眼力；也指有眼力的人。

陆游《冬夜对书卷有感》诗："万卷虽多当具眼，一言唯恕可铭膺。"严羽《沧浪诗话·考证》："杜诗中'师曰'者，亦'坡曰'之类，但其间半伪半真，尤为淆乱惑人，此深可叹。然具眼者，自默识之耳。"

④周保绪：即周济，文中提到的止庵是周济晚年的号。参见卷上第十五则【注

释】②。“南宋”数句：出自其《介存斋论词杂著》。

⑤潘四农：即潘德舆（1785—1839 年），字彦辅，号四农，江苏山阳（今淮安）人。清代诗人，著有《养一斋集》。“词滥觞”数句：出自其《养一斋集》卷二十二《与叶生名澧书》。

⑥“北宋词”数句：出自刘熙载《艺概》卷四《词曲概》。

⑦云间诸公：即明末词人陈子龙、宋徵舆、李雯，三人均为松江华亭（今上海市松江）人，松江旧称“云间”，故称他们为“云间三子”。

十九

唐五代北宋之词，可谓“生香真色”[1]。若云间诸公，则彩花[2]耳。《湘真》[3]且然，况其次也者乎。

【注释】

①生香真色：出自王士祯《花草蒙拾》：“‘生香真色人难学’，为‘丹青女易描，真色人难学’所从出。千古诗文之诀，尽此七字。”

②彩花：出自清代词学家谢章铤《双邻词钞序》：“词也者，意内言外者也。言胜意，剪彩之花；意胜言，道情之曲也。顾与其言胜，无宁意胜，意胜则情深。”

③湘真：即陈子龙，参见卷上第五十三则【注释】②。因其词集名《湘真阁稿》，故以“湘真”代称其人。

二十

《衍波词》[1]之佳者，颇似贺方回。虽不及容若，要在浙中诸子[2]之上。近人词，如复堂词之深婉，彊村[3]词之隐秀，皆在半塘老人[4]上。彊村学梦窗[5]而情味较梦窗反胜。盖有临川[6]、庐陵[7]之高华，而济以白石之疏越者。学人之词，斯为极则。然古人自然神妙处，尚未见及。

【注释】

①《衍波词》：王士祯词集名，共二卷。

②浙中诸子，指清代词人朱彝尊、陈维崧诸人。

陈维崧（1625—1682年），字其年，号迦陵，江苏宜兴人。明末清初词坛第一人，阳羡词派领袖。明末四公子之一陈贞慧之子。著有《湖海楼全集》，纂修《明史》。

③彊村：即朱祖谋（1857—1931年），原名朱孝臧，字藿生，一字古微，一作古薇，号沤尹，又号彊村，浙江吴兴人，晚清四大词家之一。著有《彊村词》，辑《湖州词徵》三十卷，《国朝湖州词录》六卷。

④半塘老人：即王鹏运（1849—1904年），字佑遐，一字幼霞，自号半塘老人，晚年又号鹜翁、半塘僧鹜，近代词人。与况周颐、朱孝臧、郑文焯合称“清末四大家”。著有《半塘定稿》等。

⑤梦窗：即吴文英，参见卷上第三十四则【注释】②。

⑥临川：即王安石（1021—1086年），字介甫，号半山，临川（今江西抚州市临川区）人，北宋著名的思想家、政治家、文学家。绍圣元年（1094年），获谥“文”，故世称王文公。“唐宋八大家”之一，其诗“学杜得其瘦硬”，

在北宋诗坛自成一家，世称“王荆公体”。有《王临川集》《临川集拾遗》等存世。

⑦庐陵：即欧阳修，参见卷上第二十一则【注释】①。

二十一

宋直方[①]《蝶恋花》：“新样罗衣浑弃却，犹寻旧日春衫著。”[②]谭复堂《蝶恋花》：“连理枝头侬与汝，千花百草从渠许。”[③]可谓寄兴深微。

【注释】

①宋直方：即宋徵舆（1618—1667年），字直方，一字辕文，江苏华亭人。与陈子龙、李雯等倡几社，著有《林屋文稿》十六卷，诗稿十四卷。

②宋徵舆《蝶恋花》

宝枕轻风秋梦薄。红敛双娥，颠倒垂金雀。**新样罗衣浑弃却，犹寻旧日春衫著。** 偏是断肠花不落。人苦伤心，镜里颜非昨。曾误当初青女约，只今霜夜思量着。

③谭献《蝶恋花》

帐里迷离香似雾。不烬炉灰，酒醒闻余语。**连理枝头侬与汝，千花百草从渠许。** 莲子青青心独苦。一唱将离，日日风兼雨。豆蔻香残杨柳暮，当时人面无寻处。

二十二

《半塘丁稿》中，和冯正中《鹊踏枝》十阕，乃《鹜翁词》之最精者[1]。“望远愁多休纵目”等阕，郁伊惝怳，令人不能为怀。定稿只存六阕，殊未为允也。

【注释】

①王鹏运《鹊踏枝》（冯正中《鹊踏枝》十四阕，郁伊惝怳，义兼比兴，蒙耆诵焉。春日端居，依次属和。就韵成词，无关寄托，而章句尤为凌杂。忆云生云：“不为无益之事，何以遣有涯之生？”三复前言，我怀如揭矣。时光绪丙申三月二十八日。录十）

落蕊残阳红片片。懊恨比邻，尽日流莺转。似雪杨花吹又散，东风无力将春限。　慵把香罗裁便面。换到轻衫，欢意垂垂浅。襟上泪痕犹隐见，笛声催按梁州遍。（其一）

斜日危阑凝伫久。问讯花枝，可是年时旧？浓睡朝朝如中酒，谁怜梦里人消瘦。　香阁帘栊烟阁柳。片霎氤氲，不信寻常有。休遣歌筵回舞袖，好怀珍重春三后。（其二）

谱到阳关声欲裂。亭短亭长，杨柳那堪折。挑菜湔裙春事歇，带罗羞指同心结。　千里孤光同皓月。画角吹残。风外还呜咽。有限坠欢争忍说，伤生第一生离别。（其三）

风荡春云罗样薄。难得轻阴，芳事休闲却。几日啼鹃花又落，绿笺莫忘深深约。　老去吟情浑寂寞。细雨檐花，空忆灯前酌。隔院玉箫声乍作，眼前何物供哀乐。（其四）

漫说目成心便许。无据杨花，风里频来去。怅望朱楼难寄语，伤春谁念

司勋误。　杜把游丝牵弱缕。几片闲云，迷却相思路。锦帐珠帘歌舞处，旧欢新恨思量否？（其五）

昼日恹恹惊夜短。片霎欢娱，那惜千金换。燕睨莺颦春不管，敢辞弦索为君断。　隐隐轻雷闻隔岸。暮雨朝霞，咫尺迷银汉。独对舞衣思旧伴，龙山极目烟尘满。（其六）

望远愁多休纵目。步绕珍丛，看笋将成竹。晓露暗垂珠簏簌，芳林一带如新浴。　檐外春山森碧玉。梦里骖鸾，记过清湘曲。自定新弦移雁足，弦声未抵归心促。（其七）

谁遣春韶随水去？醉倒芳尊，忘却朝和暮。换尽大堤芳草路，倡条都是相思树。　蜡烛有心灯解语。泪尽唇焦，此恨消沉否？坐对东风怜弱絮，萍飘后日知何处！（其八）

对酒肯教欢意尽。醉醒恹恹，无那忺春困。锦字双行笺别恨，泪珠界破残妆粉。　轻燕受风飞远近，消息谁传？盼断乌衣信。曲几无憀闲自隐，镜奁心事孤鸾鬓。（其九）

几见花飞能上树？难系流光，杜费垂杨缕。筝雁斜飞排锦柱，只伊不解将春去。　漫诩心情黏地絮，容易飘飏，那不惊风雨？倚遍阑干谁与语？思量有恨无人处。（其十）

按：今《半塘定稿·鹜翁集》中存《鹊踏枝》六阕。计删第三、第六、第七、第九四阕。

二十三

固哉，皋文[1]之为词也！飞卿《菩萨蛮》[2]、永叔《蝶

恋花》[3]、子瞻《卜算子》[4]，皆兴到之作，有何命意？皆被皋文深文罗织[5]。阮亭《花草蒙拾》谓："坡公命宫磨蝎，生前为王珪[6]、舒亶[7]辈所苦，身后又硬受此差排。"由今观之，受差排者，独一坡公已耶[8]？

【注释】

①皋文：即张惠言。

②温庭筠《菩萨蛮》

小山重叠金明灭，鬓云欲度香腮雪。懒起画峨眉，弄妆梳洗迟。

照花前后镜，花面交相映。新贴绣罗襦，双双金鹧鸪。

③欧阳修《蝶恋花》，即冯延巳之《鹊踏枝》（已见卷上第三则【注释】①）。据唐圭璋先生考证，此词为冯作。后亦收于欧阳集中，实误。《词选》评："'庭院深深'，闺中既以邃远也。'楼高不见'，哲王又不寤也。'章台游冶'，小人之径。'雨横风狂'，政令暴急也。'乱红飞去'，斥逐者非一人而已，殆为韩、范作乎？"

④苏轼《卜算子》（黄州定慧院寓居作）

缺月挂疏桐，漏断人初静。谁见幽人独往来？缥缈孤鸿影。

惊起却回头，有恨无人省。拣尽寒枝不肯栖，寂寞沙洲冷。

⑤深文罗织：深文是指制定或援用法律条文苛细严峻；罗织是指虚构种种罪名，对无辜者加以诬陷。指苛刻地或歪曲地引用法律条文，把无罪的人定成有罪。清代汪琬《〈东都事略〉跋序》："此皆当国者深文罗织，不足为据。"

⑥王珪（1019—1085年），字禹玉，北宋宰相、文学家，谥文恭。

⑦舒亶（1041—1103年），字信道，号懒堂，慈溪（今浙江余姚大隐）人。

后任监察御史，与李定弹劾苏轼，即“乌台诗案”。

⑧阮亭：即王士祯，其《花草蒙拾》：“仆尝戏谓：坡公命宫磨蝎。湖州诗案，生前为王珪、舒亶辈所苦，身后又硬受此差排耶？”

二十四

贺黄公[①]谓：“姜论史词[②]，不称其‘软语商量’，而赏其‘柳昏花暝’[③]，固知不免项羽学兵法之恨。”[④]然‘柳昏花暝’，自是欧秦辈句法，前后有画工化工[⑤]之殊。吾从白石，不能附和黄公矣。

【注释】

①贺黄公：即贺铸，参见卷上第二十八则【注释】⑦。

②姜论史词：指姜夔论史达祖词。

③“软语商量”“柳昏花暝”，系史达祖《双双燕》（咏燕）句，参见卷上第三十八则【注释】③。

④项羽学兵法之恨：《史记·项羽本纪》：“项籍少时，学书不成，去；学剑，又不成。项梁怒之。籍曰：‘书足以记名姓而已。剑，一人敌，不足学，学万人敌。’于是项梁乃教籍兵法，籍大喜，略知其意，又不肯竟学。”

⑤画工化工：明代思想家、文学家李贽《杂说》：“《拜月》《西厢》，化工也；《琵琶》，画工也。夫所谓画工者，以其能夺天地之化工，而其孰知天地之无工乎？今夫天之所生，地之所长，百卉具在，人见而爱之矣，至觅其工，了不可得，岂其智固不能得之与！要知造化无工，虽有神圣，亦不能识知化工之所在，而其谁能得之？由此观之，画工虽巧，

已落二义矣。”

二十五

“池塘春草谢家春[1]，万古千秋五字新。传语闭门陈正字[2]，可怜无补费精神。”此遗山《论诗绝句》也[3]。梦窗、玉田辈，当不乐闻此语。

【注释】

①谢灵运《登池上楼》：“池塘生春草。”参见卷上第四十则【注释】⑤。

②陈正字：即陈师道（1053—1102年），字履常，一字无己，号后山居士，彭城人。北宋诗人。官至秘书省正字，后因称“陈正字”。一生安贫乐道，闭门苦吟，有“闭门觅句陈无己”之称。著有《后山先生集》，词有《后山词》。

③遗山：即元好问。其《论诗绝句》三十首，崇尚天然，反对柔靡、雕琢，在文学批评史上颇有地位。此处所引为第二十九首。

二十六

朱子[1]《清邃阁论诗》[2]谓：“古人诗中有句，今人诗更无句，只是一直说将去。这般诗一日作百首也得。”余谓北宋之词有句，南宋以后便无句。如玉田、草窗之词，所谓“一日作百首也得”者也。

【注释】

①朱子：即朱熹（1130—1200年），字元晦，一字仲晦，号晦庵，晚称晦翁，谥文，世称朱文公。南宋理学家，儒学集大成者，世尊称为“朱子”，著有《朱子语类》《四书章句》等。

②《清邃阁论诗》：朱熹论诗之语辑录专卷，载《朱子语类》卷第一百四十。“古人有句”数句：出自其《清邃阁论诗》。

二十七

朱子谓梅圣俞[1]诗：“不是平淡，乃是枯槁。”[2]余谓草窗、玉田之词亦然。

【注释】

①梅圣俞：即梅尧臣，参见卷上第二十二则【注释】①。

②朱子语见《清邃阁论诗》。

二十八

“自怜诗酒瘦，难应接、许多春色。”[1]“能几番游？看花又是明年。”[2]此等语亦算警句耶？乃值如许笔力！

【注释】

①史达祖《喜迁莺》

月波疑滴，望玉壶天近，了无尘隔。翠眼圈花，冰丝织练，黄道宝光相直。

自怜诗酒瘦，难应接、许多春色。最无赖，是随香趁烛，曾伴狂客。

踪迹。漫记忆。老了杜郎，忍听东风笛。柳院灯疏，梅厅雪在，谁与细倾春碧。旧情拘未定，犹自学、当年游历。怕万一，误玉人、夜寒帘隙。

②张炎《高阳台》（西湖春感）

接叶巢莺，平波卷絮，断桥斜日归船。**能几番游？看花又是明年。**东风且伴蔷薇住，到蔷薇、春已堪怜。更凄然。万绿西泠，一抹荒烟。

当年，燕子知何处？但苔深韦曲，草暗斜川。见说新愁，如今也到鸥边。无心再续笙歌梦，掩重门、浅醉闲眠。莫开帘，怕见飞花，怕听啼鹃。

二十九

文文山[1]词，风骨甚高，亦有境界。远在圣与[2]、叔夏、公谨诸公之上。亦如明初诚意伯[3]词，非季迪[4]、孟载[5]诸人所敢望也。

【注释】

①文文山：即文天祥（1236—1282年），字宋瑞，又字履善，号文山，浮休道人，吉州庐陵（今江西吉安）人。官至宰相，封信国公。元兵南侵时他组织义军勤王，后被俘，不屈而死。著有《文山诗集》《指南录》《指南后录》《正气歌》等。

②圣与：即王沂孙。生卒年不详，字圣与，又字咏道，号碧山，又号中仙，因家住玉笥山，故又号玉笥山人，南宋会稽（今浙江绍兴）人，大约生活在1230年至1291年之间。与周密、张炎、蒋捷并称“宋末词坛四大家”。词集《碧山乐府》，收词六十余首。

③诚意伯：即刘基（1311—1375年），字伯温，青田县南田乡（今浙江省文成县）人，故称刘青田。明朝开国元勋，明洪武三年封诚意伯，故又称刘诚意。武宗正德九年追赠太师，谥号文成，后人称为刘文成、文成公。与宋濂、高启并称“明初诗文三大家”。以神机妙算、运筹帷幄著称于世，民间广泛流传着“三分天下诸葛亮，一统江山刘伯温；前朝军师诸葛亮，后朝军师刘伯温”的说法。

④季迪：即高启（1336—1374年），字季迪，号槎轩，又号清丘子，长州人（今江苏苏州）人，元末明初著名诗人。与杨基、张羽、徐贲为诗友，时人称为“吴中四杰”，所著《上梁文》中有“龙蟠虎踞”四字，被疑为歌颂张士诚，连坐腰斩。有《高太史大全集》《凫藻集》等。

⑤孟载：即杨基（1326—1378年），字孟载，号眉庵，祖籍为蜀嘉州（今四川乐山），生于吴中。著有《眉庵集》。因《铁笛》一诗，受到当时著名诗人杨维桢的称赏：“吾意诗境荒矣，今当让子一头地。”

三十

和凝[1]《长命女》词：“天欲晓。宫漏穿花声缭绕，窗里星光少。冷霞寒侵帐额，残月光沉树杪。梦断锦闱空悄悄。强起愁眉小。”此词前半，不减夏英公《喜迁莺》[2]也。

【注释】

①和凝（898—955年），字成绩，郓州须昌（今山东东平）人。历梁、唐、晋、汉、周五代。尝取古今史传所讼断狱、辨雪冤枉等事，著有《疑狱集》

两卷。

②夏英公：即夏竦，《喜迁莺》词，见卷上第十则【注释】④。

三十一

宋《李希声诗话》[1]曰："古人作诗，正以风调高古为主。虽意远语疏，皆为佳作。后人有切近的当，气格凡下者，终使人可憎。"[2]余谓北宋词亦不妨疏远。若梅溪以降，正所谓"切近的当，气格凡下"者也。

【注释】

①《李希声诗话》：李錞（生卒年不详），字希声，豫章（今江西南昌）人。官至秘书丞。江西诗社中人。有《李希声集》。主张作诗应以风调高古为主，讲求人品、学识，反对雕琢、使事。

②见魏庆之《诗人玉屑》卷十引。

三十二

自竹垞痛贬《草堂诗余》[1]，而推《绝妙好词》[2]，后人群附和之。不知《草堂》虽有亵诨之作，然佳词恒得十之六七[3]。《绝妙好词》则除张、范、辛、刘[4]诸家外，十之八九，皆极无聊赖之词。古人云：小好小惭，大好大惭，洵非虚语[5]。

【注释】

①《草堂诗余》，参见卷上第五十五则【注释】④。

②《绝妙好词》：宋词选集，南宋周密编选，以选录精粹著称，共七卷，收词三百九十首。选录标准偏重于格律形式；编排上以词家为经、以时代先后为顺序，体例严整。以姜夔为宗，推崇“醇雅清空”。

朱彝尊《书〈绝妙好词〉后》：“词人之作，自《草堂诗余》盛行。屏去《激楚》《阳阿》，而《巴人》之唱齐进矣。周公瑾《绝妙好词》选本，虽未尽醇，然中多俊语，方诸《草堂》所录，雅俗殊分。”

③《四库全书总目提要》“类编草堂诗余”条：“朱彝尊作《词综》，称《草堂》选词可谓无目，其垢之甚至。今观所录，虽未免杂而不纯，不及《花间》诸集之精善，然利钝互陈，瑕瑜不掩，名章俊句亦错出其间。一概诋排，亦未为公论。”

④张、范、辛、刘：指张孝祥、范成大、辛弃疾、刘过。

⑤韩愈《与冯宿论文书》：“时时应事作俗下文字，下笔令人惭。及示人，则以为好矣。小惭者亦蒙谓之小好，大惭者即必以为大好矣。”

三十三

梅溪、梦窗、玉田、草窗、西麓诸家，词虽不同，然同失之肤浅。虽时代使然，亦其才分有限也[①]**。近人弃周鼎而宝康瓠，实难索解**[②]。

【注释】

①梅溪：史达祖。梦窗：吴文英。玉田：张炎。草窗：周密。西麓：陈允平，

皆为南宋词人。参见卷上第四十六则【注释】②。

②弃周鼎而宝康瓠：语出贾谊《吊屈原赋》：“乌虖哀哉兮，逢时不祥……斡弃周鼎，宝康瓠兮。”周鼎：周代的宝鼎，为国之重器。康瓠：瓦盆底，喻无价值的东西。本则盖以周鼎比喻良才，而以康瓠比喻庸才。辛弃疾《水调歌头》词云：“歌秦缶，宝康瓠，世皆然。”

三十四

余友沈昕伯（纮）自巴黎寄余《蝶恋花》一阕云：“帘外东风随燕到。春色东来，循我来时道。一霎围场生绿草，归迟却怨春来早。锦绣一城春水绕。庭院笙歌，行乐多年少。著意来开孤客抱，不知名字闲花鸟。”[1]此词当在晏氏父子[2]间，南宋人不能道也。

【注释】

①沈昕伯：即沈纮，字昕伯。为王国维东文学社之同学。

②晏氏父子：即晏殊、晏几道父子。

三十五

“君王忍把平陈业，只换雷塘数亩田。”[1]政治家之言也。“长陵亦是闲丘垄，异日谁知与仲多？”[2]诗人之言也。政治家之眼，域于一人一事。诗人之眼，则通古今

而观之。词人观物，须用诗人之眼，不可用政治家之眼。故感事、怀古等作，当与寿词同为词家所禁也。

【注释】

①罗隐《炀帝陵》

入郭登桥出郭船，红楼日日柳年年。

君王忍把平陈业，只换雷塘数亩田。

罗隐（833—909年），字昭谏，新城（今浙江省杭州市富阳区新登镇）人，唐末五代时期诗人、文学家、思想家。著有《谗书》及《太平两同书》等。

《隋书·炀帝纪》：隋炀帝杨广死后，宇文化及把他“葬吴公台下”，“大唐平江南之后改葬雷塘”。

②唐彦谦《仲山》（高祖兄仲山隐居之所）

千载遗踪寄薜萝，沛中乡里汉山河。

长陵亦是闲丘垄，异日谁知与仲多？

唐彦谦（？—893年），字茂业，号鹿门先生，并州晋阳（今山西太原）人。晚年隐居鹿门山，专事著述。

《汉书·高帝纪》：“置酒前殿。上奉玉卮为太上皇寿，曰：‘始大人常以臣亡赖，不能治产业，不如仲力。今某之业所就，孰与仲多？’殿上群臣皆称万岁，大笑为乐。”

三十六

宋人小说，多不足信。如《雪舟脞语》[1]谓：台州知府唐仲友眷官伎严蕊奴。朱晦庵系治之。及晦庵移去，提

刑岳霖行部至台，蕊乞自便。岳问曰：“去将安归？”[2]蕊赋《卜算子》[3]词云：“住也如何住，云云。”按：此词系仲友戚高宣教作，使蕊歌以侑觞者，见朱子《纠唐仲友奏牍》[4]。则《齐东野语》所纪朱唐公案[5]，恐亦未可信也。

【注释】

①陶宗仪《说郛》卷五十七引南宋末邵桂子《雪舟脞语》：“唐悦斋仲友，字与正，知台州。朱晦庵为浙东提举。数不相得，至于互申。寿皇问宰执二人曲直。对曰：秀才争闲气耳。悦斋眷官妓严蕊奴，晦庵捕送图圄。提刑岳商卿霖行部疏决，蕊奴乞自便。宪使问去将安归？蕊奴赋《卜算子》，末云：‘住也如何住，去也终须去。若得山花插满头，莫问奴归处。’宪笑而释之。”

严蕊，南宋中叶女词人，生卒不详。原姓周，字幼芳，出身低微，自小习乐礼诗书，沦为台州营妓，改严蕊。善操琴、弈棋、歌舞、丝竹、书画，学识通晓古今，诗词语意清新。南宋淳熙九年，台州知府唐仲友为严蕊落籍，回黄岩与母居住。词作多佚，仅存《如梦令》《鹊桥仙》《卜算子》三首。

②南宋淳熙九年，朱熹因唐仲友反对理学，连上六疏弹劾唐仲友，其中第三、第四状论及唐与严蕊风化之罪，下令黄岩通判抓捕严蕊，关押在台州和绍兴，施以鞭笞，逼其招供。严说：“身为贱妓，纵合与太守有滥，科亦不至死；然是非真伪，岂可妄言以污士大夫，虽死不可诬也。”此事朝野议论，震动孝宗。后朱熹改官，岳霖任提点刑狱，释放严蕊，问其归宿。严蕊这首《卜算子》便由此而来。

③严蕊《卜算子》

不是爱风尘，似被前缘误。花落花开自有时，总赖东君主。

去也终须去，住也如何住！若得山花插满头，莫问奴归处。”

④朱熹《朱子大全》卷十九《按唐仲友第四状》：“五月十六日筵会，仲友亲戚高宣教撰曲一首，名《卜算子》。后一段云：‘去又如何去，住又如何住。但得山花插满头，休问奴归处。’”

⑤周密《齐东野语》“朱唐交奏本末”：“朱晦庵按唐仲友事，或云吕伯恭尝与仲友同书，会有隙，朱主吕，故抑唐，是不然也。盖唐平时恃才轻晦庵，而陈同父颇为朱所进，与唐每不相下。同父游台，尝狎籍妓，嘱唐为脱籍，许之。偶郡集，唐语妓云：‘汝果欲从陈官人邪？’妓谢。唐云：‘汝须能忍饥受冻乃可。’妓闻大恚。自是陈至妓家，无复前之奉承矣。陈知为唐所卖，亟往见朱。朱问：‘近日小唐云何？’答曰：‘唐谓公尚不识字，如何作监司？’朱衔之，遂以部内有冤狱，乞再巡按。既至台，适唐出迎少稽，朱益以陈言为信。立索郡印，付以次官。乃摭唐罪具奏，而唐亦作奏驰上。时唐乡相王淮当轴。既进呈，上问王，王奏：‘此秀才争闲气耳。’遂两平其事。详见周平园、王季海日记。而朱门诸贤所著《年谱道统录》，乃以季海右唐而并斥之，非公论也。其说闻之陈伯玉式卿，盖亲得之婺之诸吕云。”

三十七

《沧浪》[①]《凤兮》[②]二歌，已开《楚辞》体格。然《楚辞》之最工者，推屈原、宋玉[③]，而后此之王褒[④]、刘向[⑤]之词不与焉。五古之最工者，实推阮嗣宗[⑥]、左太冲[⑦]、郭景纯[⑧]、陶渊明，而前此曹、刘[⑨]，后此陈子昂[⑩]、李太白不与焉。

词之最工者，实推后主、正中、永叔、少游、美成[11]，而后此南宋诸公不与焉。

【注释】

①《孟子·离娄上》有《孺子歌》曰："沧浪之水清兮，可以濯我缨。沧浪之水浊兮，可以濯我足。"

②《论语·微子》："楚狂接舆，歌而过孔子曰：'凤兮凤兮，何德之衰？往者不可谏，来者犹可追。已而已而，今之从政者殆而！'"

③宋玉（约公元前298—约公元前222年），又名子渊，崇尚老庄，战国时期鄢（今湖北宜城）人，为屈原之后辞赋家，与唐勒、景差齐名。所作辞赋甚多，流传作品有《九辨》《风赋》《高唐赋》《登徒子好色赋》等。"下里巴人""阳春白雪""曲高和寡""宋玉东墙"等典故皆因他而来。

④王褒（公元前90—公元前51年），字子渊，蜀资中（今四川资阳）人。西汉著名辞赋家，与扬雄并称"渊云"。代表作有《洞箫赋》等辞赋十六篇。

⑤刘向（约公元前77—公元前6年），原名更生，字子政，西汉楚国彭城（今江苏徐州）人，汉朝宗室，西汉经学家、目录学家、文学家、史学家。曾奉命领校秘书，今存《新序》《说苑》《列女传》《战国策》等书。

⑥阮嗣宗：即阮籍（210—263年），字嗣宗。陈留（今河南）尉氏人。三国时期魏诗人，竹林七贤之一，建安七子之一阮瑀之子。曾任步兵校尉，世称阮步兵。崇奉老庄之学，是"正始之音"的代表，著有《咏怀》《大人先生传》等，其著作收录在《阮籍集》中。

⑦左太冲：即左思（约250—305年），字太冲，齐国临淄（今山东淄博）人，西晋诗人。貌丑口讷，不好交游，但辞藻壮丽，用十年时间写出《三都赋》，"豪贵之家，竞相传写，洛阳为之纸贵"。

⑧郭景纯：即郭璞（276—324 年），字景纯，河东闻喜县（今山西省闻喜县）人，东晋著名文学家和训诂学家，又是道学术数大师和游仙诗的祖师。因力阻王敦谋逆，被杀，被追赐为“弘农太守”。曾注释《周易》《山海经》《穆天子传》《方言》和《楚辞》等古籍，代表作是《游仙诗》十四首和《江赋》。

⑨曹、刘：指曹植和刘桢。

曹植（192—232 年），字子建，沛国谯（今安徽省亳州市）人，生前曾为陈王，去世后谥号“思”，因此又称陈思王，是建安文学的代表人物与集大成者，代表作有《洛神赋》《白马篇》《七哀诗》等。南朝宋文学家谢灵运对其有“天下才有一石，曹子建独占八斗”的评价。

刘桢（186—217 年），字公干，东平宁阳（今山东宁阳县）人，东汉名士，建安七子之一。博学有才，警悟辩捷，以文学见贵，主要在诗歌创作方面，与曹植并举，称为“曹刘”。

⑩陈子昂（661—702 年），梓州射洪（今四川射洪县）人，字伯玉。初唐诗文革新人物之一。因曾任右拾遗，后世称陈拾遗。存诗一百多首，其诗风骨峥嵘，寓意深远，苍劲有力。最有代表性的有《感遇》三十八首，《蓟丘览古》七首和《登幽州台歌》《登泽州城北楼宴》等。

⑪后主、正中、永叔、少游、美成：指李煜、冯延巳、欧阳修、秦观、周邦彦。

三十八

唐五代之词，有句而无篇。南宋名家之词，有篇而无句。有篇有句，唯李后主降宋后之作，及永叔、子瞻、少游、

美成、稼轩数人而已[1]。

【注释】

①李后主、永叔、子瞻、少游、美成、稼轩：指李煜、欧阳修、苏轼、秦观、周邦彦、辛弃疾。

三十九

读《会真记》[1]者，恶张生之薄幸，而恕其奸非。读《水浒传》[2]者，恕宋江之横暴，而责其深险。此人人之所同也。故艳词可作，唯万不可作儇薄[3]语。龚定庵[4]诗云："偶赋凌云偶倦飞，偶然闲慕遂初衣。偶逢锦瑟佳人问，便说寻春为汝归。"[5]其人之凉薄无行，跃然纸墨间。余辈读耆卿、伯可[6]词，亦有此感[7]。视永叔、希文[8]小词何如耶？

【注释】

①《会真记》（又名《莺莺传》），作者为唐人元稹（779—831 年），字微之，别字威明，河内（今河南洛阳）人。《会真记》可能创作于贞元二十年（804 年）。此篇原题为《传奇》，讲述贞元年间，书生张生游蒲州，居普救寺，巧遇暂住于此的表亲崔家母女。当时蒲州发生兵变，张生救下了崔氏母女。崔夫人设宴答谢，并令女儿出来拜谢张生，张生惊其美艳，托丫鬟红娘转赠给崔莺莺《春词》两首以挑逗其心性，莺莺作《明月三五夜》相酬，并暗约张生见面。之后在红娘帮助下，张生抱得佳人归。后来张生赴京赶考，滞留不归，莺莺虽给张生寄去长书和信物，仍没能挽留住

张生，终被抛弃。张生在给朋友谈论此事时斥责莺莺为“必妖于人”的“尤物”，并自诩为“善补过者”。此为唐人传奇中之名篇。后世以其故事人物创作出许多戏曲，以金人董解元《西厢记诸宫调》和元人王实甫的《西厢记》最为著名。

②《水浒传》，中国四大名著之一，全书描写北宋末年以宋江为首的一百〇八位好汉在梁山聚义，以及聚义之后接受招安、四处征战的故事。作者据传为元末明初施耐庵，并由罗贯中加以润色及编排。

③儇薄：巧佞轻佻。

④龚定庵：即龚自珍（1792—1841年），字尔玉，又字瑟人，号定庵；更名易简，字伯定；又更名巩祚，号定盦；晚年居住昆山羽琌山馆，又号羽琌山民。仁和（今浙江杭州）人。近代改良主义的先驱，思想家、文学家。诗文主张“更法”“改图”，被柳亚子誉为“三百年来第一流”。著有《定庵文集》。今人辑为《龚自珍全集》。

⑤为《己亥杂诗》第一百三十五首。《己亥杂诗》计三百一十五首，全属七言绝句，堪称中国诗史上最大规模的组诗。

⑥耆卿、伯可：指柳永、康与之。

康与之，字伯可，号顺庵，洛阳人，南宋词人，生平未详。建炎初，高宗驻扬州，上《中兴十策》，名震一时。秦桧当国，附桧求进，为桧门下十客之一。

⑦张炎《词源》：“词欲雅而正，志之所之，一为情所役，则失其雅正之音；耆卿、伯可不必论，虽美成亦有所不免。”

⑧永叔、希文：指欧阳修、范仲淹。

四十

词人之忠实，不独对人事宜然。即对一草一木，亦须有忠实之意，否则所谓游词也。

四十一

读《花间》《尊前集》①，令人回想徐陵②《玉台新咏》③。读《草堂诗余》，令人回想韦縠《才调集》④。读朱竹垞《词综》⑤，张皋文、董子远《词选》⑥，令人回想沈德潜⑦《三朝诗别裁集》⑧。

【注释】

①《尊前集》：唐五代词选集，一卷，唐末人编，宋人提到此书，多称《唐尊前集》。此书选录唐五代三十九家词二百六十一首，以供宴席歌唱，故集名"尊前"。所录词，时代、地域较《花间集》为广。《花间集》中作者如温庭筠、皇甫松、韦庄、欧阳炯等十二人之词，此集亦有选录，但无一首与《花间集》重复，可知编者曾见到《花间集》。《花间集》所未收的许多词作，亦赖此集得以保存。

②徐陵（507—583 年），字孝穆，东海郯（今山东郯城）人，南朝梁陈间的诗人、文学家。为宫体诗人，与庾信齐名，并称"徐庾"。谥曰章。辑有《玉台新咏》十卷。

③《玉台新咏》：是东周至南梁的一部诗歌总集，共收诗七百六十九首，由徐陵辑成。编纂宗旨是"选录艳歌"，即主要收男女闺情之作。也重

视民间文学，如古代长篇叙事诗《孔雀东南飞》就首见此书。

④《才调集》：唐诗选集，五代后蜀韦縠编选。韦縠，生卒年、字号及籍贯不详，曾在后蜀任职。此书是今存选唐人诗最多最广的一本。所选署名诗人一百八十多人，自初唐沈佺期至唐末五代的罗隐等，广涉僧人、妇女及无名氏。

⑤朱竹垞《词综》：朱竹垞即朱彝尊。词总集，由朱彝尊编，汪森增订。所选词家下有词人姓氏、籍贯和重要著作，间附前人评述资料，书前有汪森序，有朱氏所撰《词综》“发凡”，提出“词至南宋始极其工，至宋季而始极其变”的主张，并推崇姜夔为词家正宗，开创“浙西词派”，对清词有很大影响。

⑥《词选》：清张惠言选。张惠言卒后，其外孙董毅（字子远）又编《续词选》二卷。是选宗旨要求有比兴寄托，以挽浙派之流弊，使词和诗、骚并列，以提高词的地位。开创了“常州词派”。

⑦沈德潜（1673—1769年），字碻（què）士，号归愚，长洲（今江苏苏州）人，清代诗人。乾隆三十四年（1769年）去世，终年97岁，追封太子太师，赐谥文悫。论诗主格调，提倡“温柔敦厚”之诗教。著有《沈归愚诗文全集》《说诗晬语》，又选有《古诗源》《唐诗别裁》《明诗别裁》《清诗别裁》等，流传颇广。

⑧《三朝诗别裁集》：即《唐诗别裁集》《明诗别裁集》《国朝诗别裁集》（后名《清诗别裁集》）。

《唐诗别裁集》除重点选录王维、李白、杜甫、岑参、韦应物、韩愈、白居易、李商隐等名家的诗外，也选录不少不知名诗人的作品。由于门庭比较宽广，能注重不同时期、不同流派和不同体裁的作品，因而入选的题材和风格较为丰富多彩，大致反映了唐代诗歌创作的基本面貌。

《明诗别裁集》收录了明代三百多个作者各种体裁的诗歌一千余首。《清诗别裁集》原名《国朝诗别裁集》，书前有《例言》，作者名下有小传，诗后有评语。香奁诗、遗老诗一般不选。以乾隆二十五年三十六卷本较完备。

四十二

明季国初诸老①之论词，大似袁简斋②之论诗，其失也纤小而轻薄。竹垞以降之论词者，大似沈归愚③，其失也枯槁而庸陋。

【注释】

①明季国初诸老：指陈子龙、李雯、宋徵舆、宋徵璧、邹祇谟、彭孙遹、贺裳、朱彝尊、汪森等人。

②袁简斋：即袁枚（1716—1798年），字子才，号简斋，晚年自号仓山居士、随园主人、随园老人，钱塘（今浙江杭州）人。乾嘉时期诗人、散文家、文学评论家。去世后葬于南京百步坡，世称随园先生。倡导“性灵说”，与赵翼、蒋士铨合称为“乾嘉三大家”，传世的著作有《小仓山房集》《随园诗话》《补遗》《随园食单》《子不语》《续子不语》等。

③竹垞：即朱彝尊。竹垞以降之论词者，指张惠言、周济、谭献、冯煦诸人。沈归愚，即沈德潜。

四十三

东坡之旷在神，白石之旷在貌。白石如王衍[1]口不言阿堵物[2]，而暗中为营三窟之计[3]，此其所以可鄙也。

【注释】

①王衍（256—311年），字夷甫，琅邪郡临沂县（今山东临沂北）人。西晋末年重臣，清谈家，喜好老庄学说。当他讲错话时，却又随即更改，时人号为“口中雌黄”。后被石勒所杀。

②刘义庆《世说新语》：“王夷甫雅尚玄远，常嫉其妇贪浊，口未尝言钱字。妇欲试之，令婢以钱绕床，不得行。衍晨起，见钱阂行，呼婢曰：‘举却阿堵物。’”王衍素来鄙夷其妻郭氏贪钱，所以口中从来不提钱这个字。郭氏想试试他究竟会不会说，就让奴婢用钱绕床一圈，让他不能走出来。王衍早晨起来看到钱后，就对奴婢说：“把这些东西都拿走！”“阿堵”为六朝时口语“这个”“这东西”的意思。后世遂以“阿堵”为钱之代称。

③三窟之计：时天下大乱，王衍对东海王司马越说：“中原大乱，应该选拔文武兼备的人去做地方官，对各地方负责。”就让弟弟王澄为荆州刺史，族弟王敦为青州刺史。并对王澄、王敦说：“荆州有长江、汉水的坚固，青州有背靠大海的险要。你们两个镇守外地，而我留在京师，就可以称得上三窟了。”时人皆鄙夷之。

以上赵万里录自手稿

四十四

蕙风[1]词小令似叔原[2]，长调亦在清真、梅溪[3]间，而沉痛过之。彊村虽富丽精工，犹逊其真挚也。天以百凶成就一词人，果何为哉！

【注释】

①蕙风：即况周颐（1859—1926年），字夔笙，一字揆孙，别号玉梅词人、玉梅词隐，晚号蕙风词隐，人称况古，况古人，室名兰云梦楼，西庐等。原名况周仪，因避宣统帝溥仪讳，改名况周颐。广西临桂（今桂林）人。与王鹏运、朱孝臧、郑文焯合称“清末四大家”。著有《蕙风词》《蕙风词话》。

②叔原：即晏几道，参见卷上第二十八则【注释】④。

③清真、梅溪：即周邦彦、史达祖。

四十五

蕙风《洞仙歌》（秋日游某氏园）[1]及《苏武慢》（寒夜闻角）[2]二阕，境似清真，集中他作，不能过之。

【注释】

①况周颐《洞仙歌》（秋日独游某氏园）

一晌闲缘借。便意行散缓，消愁聊且。有花迎径曲，鸟呼林罅。秋光取次披图画。恣远眺、登临台与榭。堪潇洒。奈脉断征鸿，幽恨翻萦惹。

忍把。鬓丝影里，袖泪寒边，露草烟芜，付与杜牧狂吟，误作少年游冶。残蝉肯共伤心话。问几见，斜阳疏柳挂。谁慰藉？到重阳，插菊携萸事真假。酒更贳。更有约东篱下。怕蹉跎霜讯，梦沉人悄西风乍。

②况周颐《苏武慢》（寒夜闻角）

愁入云遥，寒禁霜重，红烛泪深人倦。情高转抑，思往难回，凄咽不成清变。风际断时，迢递天街，但闻更点。枉教人回首，少年丝竹，玉容歌管。

凭作出、百绪凄凉，凄凉唯有，花冷月闲庭院。珠帘绣幕，可有人听？听也可曾肠断？除却塞鸿，遮莫城乌，替人惊惯。料南枝明日，应减红香一半。

以上赵万里录自《蕙风琴趣评语》

四十六

彊村词，余最赏其《浣溪沙》“独鸟冲波去意闲”二阕[①]，笔力峭拔，非他词可能过之。

【注释】

①朱祖谋《浣溪沙》

独鸟冲波去意闲，环霞如赭水如笺。为谁无尽写江天？
并舫风弦弹月上，当窗山髻挽云还。独经行地未荒寒。（其一）

翠阜红崖夹岸迎，阻风滋味暂时生。水窗官烛泪纵横。
禅悦新耽如有会，酒悲突起总无名。长川孤月向谁明？（其二）

四十七

蕙风《听歌》诸作，自以《满路花》[1]为最佳。至《题香南雅集图》诸词，殊觉泛泛，无一言道着。

【注释】

①况周颐《满路花》（彊村有听歌之约，词以坚之）

虫边安枕簟，雁外梦山河。不成双泪落，为闻歌。浮生何益，尽意付消磨。见说寰中秀，曼睩修蛾。旧家风度无过。　凤城丝管，回首惜铜驼。看花余老眼，重摩挲。香尘人海，唱彻《定风波》。点鬓霜如雨，未比愁多。问天还问嫦娥。

以上赵万里自《丙寅日记》所记先生论学语中摘出

人间词话·补遗

一

（皇甫松[1]）词，黄叔旸[2]称其《摘得新》二首[3]，为有达观之见[4]。余谓不若《忆江南》二阕[5]，情味深长，在乐天、梦得上也[6]。

【注释】

①皇甫松（生卒年不详），字子奇，自号檀栾子，睦州新安（今浙江淳安）人，唐代词人。中唐古文学家皇甫湜之子，宰相牛僧孺之外甥。词今存二十余首，见于《花间集》《唐五代词》。陈廷焯《白雨斋词话》说：“皇甫子奇词，宏丽不及飞卿，而措词闲雅，犹存古诗遗意。唐词于飞卿而外，出其右者鲜矣。五代而后，更不复见此笔墨。”

②黄升（生卒年不详），字叔旸，号玉林，又号花庵词客，建安（今属福建建瓯）人，南宋词人。著有《散花庵词》，编有《绝妙词选》二十卷，附词大小传及评语，为宋人词选之善本。其词“上逼少游，近摹白石，九功赠诗所云‘晴空见冰柱’者，庶几似之”。（《四库全书总目提要》）

③皇甫松 《摘得新》

酌一卮。须教玉笛吹。锦筵红蜡烛，莫来迟。繁红一夜经风雨，是空枝。

（其一）

摘得新。枝枝叶叶春。管弦兼美酒，最关人。平生都得几十度，展香茵。

（其二）

④黄升语见《历代诗余》卷一百一十三引。

⑤皇甫松 《忆江南》

兰烬落，屏上暗红蕉。闲梦江南梅熟日，夜船吹笛雨潇潇。人语驿边桥。

（其一）

楼上寝，残月下帘旌。梦见秣陵惆怅事，桃花柳絮满江城。双髻坐吹笙。

（其二）

⑥白居易 《忆江南》

江南好，风景旧曾谙；日出江花红胜火，春来江水绿如蓝。能不忆江南？

（其一）

江南忆，最忆是杭州；山寺月中寻桂子，郡亭枕上看潮头。何日更重游？

（其二）

江南忆，其次忆吴宫；吴酒一杯春竹叶，吴娃双舞醉芙蓉。早晚复相逢。

（其三）

刘禹锡《忆江南》

春去也，多谢洛城人。弱柳从风疑举袂，丛兰裛露似沾巾。独坐亦含颦。

春去也。共惜艳阳年。犹有桃花流水上，无辞竹叶醉尊前。唯待见青天。

二

端己[1]词情深语秀，虽规模不及后主、正中，要在飞卿[2]之上。观昔人颜、谢优劣论[3]可知矣。

【注释】

①端己：即韦庄，参见卷上第十二则【注释】④。

②飞卿：即温庭筠，参见卷上第十一则【注释】②。

③《南史·颜延之传》："延之尝问鲍照己与谢灵运优劣，照曰：'谢五言诗如初发芙蓉，自然可爱。君诗如铺锦列绣，亦雕缋满眼。'延年终身病之。"又钟嵘《诗品》："汤惠休曰：'谢诗如芙蓉出水，颜诗如错彩镂金。'颜终身病之。"

三

（毛文锡[1]）词比牛[2]、薛[3]诸人殊为不及。叶梦得[4]谓："文锡词以质直为情致，殊不知流于率露。诸人评庸陋词者，必曰：此仿毛文锡之《赞成功》[5]而不及者。"其言是也。

【注释】

①毛文锡，字平珪，高阳（今属河北）人，亦作南阳（今属河南）人。年十四，登进士第。五代前蜀词人，《花间集》称毛司徒，著有《前蜀纪事》《茶谱》，词存三十二首。

②牛，即牛峤，参见卷下第十则【注释】①。

③薛昭蕴，字澄州，河中宝鼎（今山西荣河县）人，唐末词人。孙光宪云：薛澄州昭纬，即保逊之子也。恃才傲物，亦有父风。每入朝省，弄笏而行，旁若无人。知举后，有一门生辞归乡里，临歧，献规曰："侍郎重德，

某乃受恩。尔后请不弄笏与唱《浣溪沙》，即某幸也。”时人谓之至言。（《北梦琐言》卷四）

④叶梦得（1077—1148年），字少蕴，号石林居士，南宋诗人、词人。著有《石林燕语》《石林词》《石林诗话》等。

⑤毛文锡《赞成功》

海棠未坼，万点深红。香包缄结一重重。似含羞态，邀勒春风。蜂来蝶去，任绕芳丛。　昨夜微雨，飘洒庭中。忽闻声滴井边桐。美人惊起，坐听晨钟。快教折取，戴玉珑璁。

四

（魏承班[①]）词逊于薛昭蕴、牛峤而高于毛文锡，然皆不如王衍[②]。五代词以帝王为最工，岂不以无意于求工欤？

【注释】

①魏承班（约930年前后），五代时许州人，前蜀词人，词艳丽似温庭筠，今存二十一首。元人元好问曰：“魏承班词，俱为言情之作。大旨明净，不更苦心刻意以竞胜者。”

②王衍（899—926年），许州舞阳（今河南舞阳县）人，前蜀最后一位皇帝。925年，后唐灭前蜀，王衍率百官投降。后来，李存勖派人将王衍及其亲族全部杀害。王衍有文才，著有《甘州曲》《醉妆词》等，流传于世。

五

（顾）敻[①]词在牛给事、毛司徒间。《浣溪沙》（春色迷人）一阕[②]，亦见《阳春录》[③]。与《河传》《诉衷情》数阕[④]，当为敻最佳之作矣。

【注释】

①顾敻（xiòng）（约928年前后在世），字琼之，五代词人。风格间似温庭筠，今存五十五首。性好诙谐，仕前蜀时，见武官多拳勇之夫，遂作武举谍以讥刺他们，一时传笑。入后蜀，累官至太尉。词风绮丽却不浮靡，意象十分清新生动，情致极其悱恻缠绵。况周颐评为“五代艳词上驷也”。认为其特点是“工致丽密，时复清疏。以艳之神与骨为清，其艳乃益入神入骨。其体格如宋院画工笔折枝小？非元人设色所及。”（《餐樱庑词话》）

②顾敻《浣溪沙》

春色迷人恨正赊，可堪荡子不还家。细风轻露著梨花。

帘外有情双燕飏，槛前无力绿杨斜。小屏狂梦极天涯。

③《阳春录》，即冯延巳《阳春集》。陈振孙云：“《阳春录》一卷，南唐冯延巳撰，高邮崔公度伯易题其后，称其家所藏最为详确，而《尊前》《花间》诸集，往往谬其姓氏，近传欧阳永叔词，亦多有之，皆失其真也。”（《直斋书录解题》卷二十一）

④顾敻《河传》

燕飏。晴景。小窗屏暖，鸳鸯交颈。菱花掩却翠鬟欹，慵整。海棠帘外影。

　　绣帏香断金鸂鶒，无消息，心事空相忆。倚东风，春正浓。愁红，

泪痕衣上重。（其一）

曲槛，春晚。碧流纹细，绿杨丝软。露花鲜□杏枝繁，莺啭，野芜平似翦。

直是人间到天上，堪游赏，醉眼疑屏幛。对池塘，惜韶光，断肠，为花须尽狂。（其二）

棹举，舟去。波光渺渺，不知何处。岸花汀草共依依，雨微，鹧鸪相逐飞。

天涯离恨江声咽，啼猿切，此意向谁说。舣兰桡，独无憀，魂销，小炉香欲焦。（其三）

六

毛熙震[1]，周密《齐东野语》称其词新警而不为儇薄[2]。余尤爱其《后庭花》[3]，不独意胜，即以调论，亦有隽上清越之致，视文锡蔑如也。

【注释】

①毛熙震（约 947 年前后在世），蜀人。曾为后蜀秘书监。善为词，今存二十九首（见《唐五代词》），辞多华丽。

②周密语见《历代诗余》卷一百一十三引，今传各本均缺。

③毛熙震《后庭花》

莺啼燕语芳菲节，瑞庭花发。昔时欢宴歌声揭，管弦清越。

自从陵谷追游歇，画梁尘黦。伤心一片如珪月，闲锁宫阙。（其一）

轻盈舞伎含芳艳，竞妆新脸。步摇珠翠修蛾敛，腻鬟云染。

歌声慢发开檀点，绣衫斜掩。时将纤手匀红脸，笑拈金靥。（其二）

越罗小袖新香茜，薄笼金钏。倚栏无语摇金扇，半遮匀面。

春残日暖莺娇懒，满庭花片。争不教人长相见，画堂深院。（其三）

七

（阎选[①]）词唯《临江仙》第二首[②]有轩翥[③]之意，余尚未足与于作者也。

【注释】

①阎选，五代后蜀词人。与欧阳炯、鹿虔扆、毛文锡、韩琮被时人称为“五鬼”，世传有八首小词被收入《花间集》。《花间集》称阎处士。

②阎选《临江仙》

十二高峰天外寒。竹梢轻拂仙坛。宝衣行雨在云端。画帘深殿，香雾冷风残。　欲问楚王何处去？翠屏犹掩金鸾。猿啼明月照空滩。孤舟行客，惊梦亦艰难。

③轩翥（zhù）：意思是飞举。《楚辞·远游》：“雌蜺便娟以增挠兮，鸾鸟**轩翥**而翔飞。”

八

昔沈文悫[①]深赏（张）泌[②]“绿杨花扑一溪烟”[③]为晚唐名句[④]。然其词如“露浓香泛小庭花”[⑤]，较前语似更幽艳。

【注释】

①沈文悫：即沈德潜，参见卷下第四十一则【注释】⑦。

②张泌（bì）（生卒年不详），约与韩偓（842—914 年）相当。字子澄，安徽淮南人。五代后蜀词人，花间派的代表人物之一。其词用字工炼，章法巧妙，描绘细腻。

③张泌《洞庭阻风》

空江浩荡景萧然，尽日菰蒲泊钓船。

青草浪高三月渡，**绿杨花扑一溪烟。**

情多莫举伤春目，愁极兼无买酒钱。

犹有渔人数家住，不成村落夕阳边。

④沈文悫语见《唐诗别裁》卷十六，张蠙《夏日题老将林亭》一诗后评语。

⑤张泌《浣溪沙》

独立寒阶望月华，**露浓香泛小庭花。**绣屏愁背一灯斜。

云雨自从分散后，人间无路到仙家。但凭魂梦访天涯。

九

（孙光宪[1]词，）昔黄玉林[2]赏其“一庭疏雨湿春愁”[3]为古今佳句[4]。余以为不若“片帆烟际闪孤光”[5]尤有境界也。

【注释】

①孙光宪（901—968 年），字孟文，五代荆南词人。仕南平三世，累官荆南节度副使、朝议郎、检校秘书少监，试御史中丞。入宋，为黄州刺史。“性嗜经籍，聚书凡数千卷。或手自钞写，孜孜校雠，老而不废”。著有《北梦琐言》，词存八十四首。

②黄玉林：即黄升，参见补遗第一则【注释】④。

③孙光宪《浣溪沙》

揽镜无言泪欲流，凝情半日懒梳头。**一庭疏雨湿春愁。**

杨柳只知伤怨别，杏花应信损娇羞。泪沾魂断轸离忧。

④黄升语见《历代诗余》卷一百一十三引。

⑤孙光宪《浣溪沙》

蓼岸风多橘柚香，江边一望楚天长。**片帆烟际闪孤光。**

目送征鸿飞杳杳，思随流水去茫茫。兰红波碧忆潇湘。

以上录自《唐五代二十一家词辑诸跋》

十

先生（周清真）于诗文无所不工，然尚未尽脱古人蹊径。平生著述，自以乐府为第一。词人甲乙，宋人早有定论。[1]唯张叔夏[2]病其意趣不高远。[3]然北宋人如欧、苏、秦、黄[4]，高则高矣，至精工博大，殊不逮先生。故以宋词比唐诗，则东坡似太白，欧秦似摩诘，耆卿似乐天，[5]方回、叔原则大历十子[6]之流。南宋唯一稼轩可比昌黎[7]。而词中老杜则非先生不可。昔人以耆卿比少陵[8]，犹为未当也。

【注释】

①陈振孙《直斋书录解题》集部歌词类《清真词》二卷《续集》一卷下云：

“周美成邦彦撰，多用唐人诗语，檃栝入律，浑然天成。长调尤善铺叙，富艳精工，词人之甲乙也。”

②张叔夏：即南宋词人张炎。

③张炎《词源》卷下：“美成词只当看他浑成处，于软媚中有气魄。采唐诗融化如自己者，乃其所长。惜乎意趣却不高远。”

④欧、苏、秦、黄：指欧阳修、苏轼、秦观、黄庭坚。

⑤摩诘：即王维；乐天，即白居易。

⑥大历十子：唐代宗大历年间十位诗人所代表的一个诗歌流派。据《新唐书》载：十才子为李端、卢纶、吉中孚、韩翃、钱起、司空曙、苗发、崔洞（一作峒）、耿沛、夏侯审。宋以后有异说。

⑦昌黎：即韩愈。

⑧少陵：即杜甫。张端义《贵耳集》卷上：“项平斋训：‘学诗当学杜诗，学词当学柳词。’杜诗、柳词，皆无表德，只是实说。”

十一

先生（清真）之词，陈直斋谓其多用唐人诗句檃栝[1]入律，浑然天成。张玉田[2]谓其善于融化诗句，然此不过一端。不如强焕云：“模写物态，曲尽其妙。”[3]为知言也。

【注释】

①檃栝（yǐn kuò），（就原有的文章、著作）进行剪裁改写。北宋一些词家喜用五七言诗，或者直接搬用前人精美诗句入词。苏轼开檃栝词风气之先，不仅檃栝陶渊明、韩愈、杜牧等人的作品，还檃栝自己的诗作。

②张玉田：即张炎。

③强焕《题周美成词》，见沈雄《古今词话·词评》上卷。

十二

山谷云："天下清景，不择贤愚而与之，然吾特疑端为我辈设。"[1]诚哉是言！抑岂独清景而已，一切境界，无不为诗人设。世无诗人，即无此种境界。夫境界之呈于吾心而见于外物者，皆须臾之物，唯诗人能以此须臾之物，镌诸不朽之文字，使读者自得之。遂觉诗人之言，字字为我心中所欲言，而又非我之所能自言，此大诗人之秘妙也。境界有二：有诗人之境界，有常人之境界。诗人之境界，唯诗人能感之而能写之，故读其诗者亦高举远慕，有遗世之意。而亦有得有不得，且得之者亦各有深浅焉。若夫悲欢离合、羁旅行役之感，常人皆能感之，而唯诗人能写之。故其入于人者至深，而行于世也尤广。先生（清真）之词，属于第二种为多。故宋时别本之多，他无与匹。[2]又和者三家[3]，注者二家[4]（强焕本亦有注，见毛跋）。自士大夫以至妇人女子，莫不知有清真，[5]而种种无稽之言，亦由此以起。[6]然非入人之深，乌能如是耶？

【注释】

①山谷：即黄庭坚。此数语见释惠洪《冷斋夜话》卷三。

②王国维《清真先生遗事·著述二》："案先生词集，其古本则见于《景定严州续志》《花庵词选》者曰《清真诗余》；见于《词源》者曰《圈

法美成词》；见于《直斋书录》者曰《清真词》，曰《曹杓注清真词》。又与方千里、杨泽民《和清真词》合刻者曰《三英集》（见毛晋《方千里〈和清真词〉跋》）。子晋所藏《清真集》，其源亦出宋本，加以溧水本。是宋时已有七本。别本之多，为古今词家所未有。”

③宋人之和清真全词者有方千里《和清真词》、杨泽民《和清真词》及陈允平《西麓继周集》三家。

④宋人注《清真词》者有曹杓、陈元龙两家。曹注已逸，陈注即《彊村丛书》本《片玉集》。

⑤陈郁《藏一话腴》：“周邦彦字美成，自号清真，二百年来以乐府独步。贵人、学士、市儇、妓女，皆知美成词为可爱。”

⑥宋人笔记之记清真轶事者甚多。若张端义《贵耳集》，周密《浩然斋雅谈》，王明清《挥麈余话》，王灼《碧鸡漫志》等书均有。王国维于《清真先生遗事·事迹一》中一一辨之，认为多属无稽之谈，云：“先生立身颇有本末，而为乐府所累。遂使人间异事皆附苏秦，海内奇言尽归方朔。”

十三

楼忠简谓先生（清真）妙解音律。[1]唯王晦叔《碧鸡漫志》谓：“江南某氏者，解音律，时时度曲。周美成与有瓜葛。每得一解，即为制词。故周集中多新声。”[2]则集中新曲，非尽自度。然顾曲名堂[3]，不能自已，固非不知音者。故先生之词，文字之外，须兼味其音律。惟词中所注宫调，不出教坊十八调[4]之外。则其音非大晟乐府[5]

之新声，而为隋唐以来之燕乐[6]，固可知也。今其声虽亡，读其词者，犹觉拗怒之中，自饶和婉。曼声促节，繁会相宣；清浊抑扬，辘轳交往。两宋之间，一人而已。

【注释】

①楼忠简：即楼钥（1137—1213年），字大防，又字启伯。南宋大臣、文学家，明州鄞县（今浙江宁波）人。嘉定六年（1213年）卒，谥宣献。

楼钥《清真先生文集序》："公性好音律，如古之妙解，顾曲名堂，不能自已。"

②王晦叔：即王灼。此话见《碧鸡漫志》卷第二。

③顾曲名堂：周邦彦的歌词声音谐美，堂名为"顾曲"，即用三国时周瑜的典故。周瑜精通音乐，当时流传一句成语："曲有误，周郎顾。"以"顾曲"名堂，可见周邦彦对音乐造诣的自负。

④教坊十八调：《宋史·乐志》：宋初置教坊所奏凡十八调四十六曲：一曰正宫调，其曲三，曰《梁州》《瀛府》《齐天乐》；二曰中吕宫，其曲二，曰《万年欢》《剑器》；三曰道调宫，其曲三，曰《梁州》《薄媚》《大圣乐》；四曰南吕宫，其曲二，曰《瀛府》《薄媚》；五曰仙吕宫，其曲三，曰《梁州》《保金枝》《延寿乐》；六曰黄钟宫，其曲三，曰《梁州》《中和乐》《剑器》；七曰越调，其曲二，曰《伊州》《石州》；八曰大石调，其曲二，曰《清平乐》《大明乐》；九曰双调，其曲三，曰《降圣乐》《新水调》《采莲》；十曰小石调，其曲二，曰《胡渭州》《嘉庆乐》；十一曰歇指调，其曲三，曰《伊州》《君臣相遇乐》《庆云乐》；十二曰林钟商，其曲三，曰《贺皇恩》《泛清波》《胡渭州》；十三曰中吕调，其曲二，曰《绿腰》《道人欢》；十四曰南吕调，其曲二，曰《绿腰》《罢

金钲》；十五曰仙吕调，其曲二，曰《绿腰》《采云归》；十六曰黄钟羽，其曲一，曰《千春乐》；十七曰般涉调，其曲二，曰《长寿仙》《满宫春》；十八曰正平调，无大曲，小曲无定数。

⑤大晟乐府：大晟府是北宋官署名，掌乐律。崇宁四年（1105 年）置，长官为大司乐，副为典乐，所属有大乐令、协律郎、按协声律、制撰文字、运谱等官。宣和二年（1120 年）废。

⑥燕乐：中国隋、唐至宋代的宫廷饮宴时，供娱乐欣赏的、艺术性很强的歌舞音乐，亦称“宴乐”。

以上录自《清真先生遗事·尚论三》

十四

（《云谣集杂曲子》[1]）《天仙子》词[2]，特深峭隐秀，堪与飞卿、端己抗行。

【注释】

①《云谣集杂曲子》：敦煌石室藏唐人写本，为现存最早敦煌曲子辞总集，多为民间作品，朴素自然。编者不详。

②《天仙子》

燕语啼时三月半，烟蘸柳条金线乱。五陵原上有仙娥，携歌扇。香烂漫，留住九华云一片。　犀玉满头花满面，负妾一双偷泪眼。泪珠若得似珍珠，拈不散。知何限？串向红丝应百万。（其一）

燕语莺啼惊觉梦，羞见鸾台双舞凤。天仙别后信难通，无人问，花满洞。

休把同心千遍弄。　巨耐不知何处去，正是花开谁是主？满楼明月应三更，无人语，泪如雨。便是思君肠断处。（其二）

以上录自《观堂集林·唐写本〈云谣集杂曲子〉跋》

十五

（王①）以凝词句法精壮，如和虞彦恭寄钱逊升②《蓦山溪》一阕③、重午登霞楼《满庭芳》一阕④、舣舟洪江步下《浣溪沙》一阕⑤，绝无南宋浮艳虚薄之习。其他作亦多类是也。

【注释】

①王：即王以宁（约1090—1146年），字周士，湘潭（今属湖南）人，两宋之际的爱国词人。有《王周士词》一卷，存三十二首。

②钱逊升：应当为钱逊叔。

③王周士《蓦山溪·和虞彦恭寄钱逊叔》

平山堂上，侧盏歌南浦。醉望五州山，渺千里银涛东注。钱郎英远，满腹贮精神。窥素壁，墨栖鸦，历历题诗处。　风裘雪帽，踏遍荆湘路。回首古扬州，沁天外残霞一缕。德星光次，何日照长沙。《渔夫曲》《竹枝词》，万古歌来暮。

④王周士《满庭芳·重午登霞楼》

千古黄州，雪堂奇胜，名与赤壁齐高。竹楼千字，笔势压江涛。笑问江头皓月，应曾照、今古英豪。菖蒲酒，窳尊无恙，聊共访临皋。　陶陶。谁晤对，粲花吐论，宫锦纫袍。借银涛雪浪，一洗尘劳。好在江山如画，人易老、双鬓难茯。升平代，凭高望远，当赋《反离骚》。

⑤王周士《浣溪沙·舣舟洪江步下》

起看船头蜀锦张，沙汀红叶舞斜阳。杖挐惊起睡鸳鸯。

木落群山雕玉□，霜和冷月浸澄江。疏篷今夜梦潇湘。

以上录自《观堂别集·跋〈王周士词〉》

十六

有明一代，乐府道衰。《写情》《扣舷》[1]，尚有宋元遗响。仁宣[2]以后，兹事几绝。独文愍[3]以魁硕之才，起而振之。豪壮典丽，与于湖[4]、剑南[5]为近。[6]

【注释】

①《写情》《扣舷》：《写情集》，刘基词集。《扣舷集》，高启词集。

②仁宣：明仁宗朱高炽（1425年在位）；明宣宗朱瞻基（1426—1435年在位）。

③文愍：即夏言（1482—1548年），字公谨，贵溪（今江西贵溪）人。明代政治家、文学家。嘉靖二十七年（1548年），因议收复河套之事，遭严嵩诬陷，弃市而死。明穆宗时追谥文愍。有《桂洲集》十八卷及《南宫奏稿》。

④于湖：即张孝祥（1132—1169年），字安国，别号于湖居士，历阳乌江（今安徽和县乌江镇）人。南宋著名词人，风格宏伟豪放，为豪放派代表作家。有《于湖居士文集》《于湖词》等。

⑤剑南：即陆游。

⑥陈廷焯《白雨斋词话》:“词至于明,而词亡矣。伯温(刘基)、季迪(高启),已失古意。降至升庵(杨慎)辈,句琢字炼,枝枝叶叶为之,益难语于大雅。自马浩澜(马洪)、施阆仙(施绍莘)辈出,淫词秽语,无足置喙。明末陈人中能以秾艳之笔,传凄婉之神,在明代便算高手。然视国初诸老,已难同日而语,更何论唐、宋哉。”

以上录自《观堂外集·桂翁词跋》

十七

欧公《蝶恋花》:“面旋落花”云云[1],字字沉响,殊不可及。

【注释】

①欧阳修《蝶恋花》

面旋落花风荡漾。柳重烟深,雪絮飞来往。雨后轻寒犹未放,春愁酒病成惆怅。　枕畔屏山围碧浪。翠被华灯,夜夜空相向。寂寞起来褰绣幌,月明正在梨花上。

以上陈乃乾录自先生旧藏《六一词》眉间批语

十八

《片玉词》:“良夜灯光簇如豆”[1]一首,乃改山谷《忆帝京》词[2]为之者。似屯田最下之作,非美成所宜有也。

【注释】

①周邦彦《青玉案》

良夜灯光簇如豆。占好事，今宵有。酒罢歌阑人散后。琵琶轻放，语声低颤，灭烛来相就。　玉体偎人情何厚。轻惜轻怜转唧嗰。雨散云收眉儿皱。只愁彰露，那人知后，把我来僝僽。

②黄庭坚《忆帝京》（私情）

银烛生花如红豆。占好事，而今有。人醉曲屏深，借宝瑟轻招手。一阵白蘋风，故灭烛教相就。　花带雨冰肌香透。恨啼鸟辘轳声晓，岸柳微凉吹残酒。断肠时至今依旧。镜中消瘦。那人知后，怕夯你来僝僽。

以上陈乃乾录自先生旧藏《片玉词》眉间批语

十九

温飞卿《菩萨蛮》：“雨后却斜阳，杏花零落香。”[①]少游之“雨余芳草斜阳。杏花零乱燕泥香。”[②]虽自此脱胎，而实有出蓝之妙。

【注释】

①温庭筠《菩萨蛮》

南园满地堆轻絮，愁闻一霎清明雨。**雨后却斜阳，杏花零落香。**无言匀睡脸，枕上屏山掩。时节欲黄昏，无聊独闭门。

②秦观《画堂春》（春情）

东风吹柳日初长。**雨余芳草斜阳。杏花零乱燕泥香。**睡损红妆。宝篆烟消龙凤。画屏云锁潇湘。夜寒微透薄罗裳。无限思量。

二十

白石尚有骨，玉田则一乞人耳。

二十一

美成词多作态，故不是大家气象。若同叔、永叔虽不作态，而一笑百媚生矣[1]。此天才与人力之别也。

【注释】

①白居易《长恨歌》："回眸一笑百媚生，六宫粉黛无颜色。"

二十二

周介存谓白石以诗法入词，门径浅狭，如孙过庭[1]书，但便后人模仿。予谓近人所以崇拜玉田，亦由于此。

【注释】

①孙过庭（646—691年），名虔礼，字过庭，以字行。吴郡富阳（今浙江富阳）人，一作陈留（今河南开封）人。唐代书法家、书法理论家。擅楷书、行书，尤长于草书，取法王羲之、王献之，笔势坚劲，直逼二王。有墨迹《书谱》传世。

二十三

予于词，五代喜李后主、冯正中而不喜《花间》。宋喜同叔、永叔、子瞻、少游而不喜美成。南宋只爱稼轩一人，而最恶梦窗、玉田。介存《词辨》所选词，颇多不当人意。而其论词则多独到之语。始知天下固有具眼人，非予 人之私见也。

人间词

《人间词》顾随序

作序难，为佳书作序尤难。盖书既佳，则读者具眼，自能领略之，不必待序之说明与吹嘘。况乎珠玉在前，率尔成篇，必贻佛头着粪之讥。或者自家有一段意思，藉为书作序尔发，借花献佛，亦自可喜，顾随今者则又无有。然而启旡师兄校注《人间词》及《人间词话》行将出版，顾随终于为之序者，则以一者师兄前次曾以序嘱，亦即诺之，若不作，则是不信，二者顾随平日喜读此二书，兹欲假一序结香火因缘。三者尔来坊间翻印旧书，或加标点，或加笺注，尔句读往往讹谬，文字往往错植，每一翻阅，心目俱为之不快，师兄此书，标点正确，笺注详明，校对更为仔细，出版后以一册置案头，明窗净几之间，时一浏览，亦浮世偷生之赏心乐事，故益乐为之序。若夫静安先生之创作与议论，则又何需说明与吹嘘乎？兹亦不赘云。

二十二年十月顾随序于旧京东城之萝月斋。

《人间词》甲稿序

王君静安将刊其所为人间词，诒书告余曰，“知我词者莫如子，叙之亦莫如子宜。”余与君处十年矣，比年以来，君颇以词自娱。余虽不能词，然喜读词，每夜漏始下，一灯荧然，玩古人之作，未尝不与君同，君成一阕，易一字，未尝不以讯余，既而暌离，苟有所作，未尝不邮以示余也；然则余于君之词，又乌可以无言乎？

夫自南宋以后，斯道之不振久矣。元明及国初诸老，非无警句也，然不免乎局促者，气困于雕琢也；嘉道以后之词，非不谐美也，然无救榆浅薄者，意竭于摹拟也。君之于词：于五代喜李后主、冯正中，于北宋喜永叔、子瞻、少游、美成，于南宋除稼轩白石外，所嗜盖鲜，痛诋梦窗、玉田，谓梦窗砌字，玉田垒句，一雕琢，一敷衍，其病不同，而同归于浅薄，六百年来，词之不振，实自此始，其持论如此。及读君自所为词，则诚往复幽咽，动摇人心，快而能沈，直而能曲，不屑屑于言词之末，而名句间出，殆往往度越前人。至其言近而指远，意决而辞婉，自永叔以后，殆未有工如君者也。君始为词时，亦不自意其至此，而卒至此者，天也，非人之所能为也。

若夫观物之微，托兴之深，则又君诗词之特色，求之古代作者，罕有伦比。呜呼，不胜古人，不足以与古人并，君其知之矣。世有疑余言者乎？则何不取古人之词，于君词比类而观之也。

光绪丙午二月，山阴樊志厚叙。

《人间词》乙稿序

去岁夏，王君静安集其所为词，得六十余阕，名曰“人间词甲稿”，余既叙而行之矣。今冬复彙所作词为乙稿，丐余为之叙，余其敢辞，乃称曰：

文学之事，其内足以摅己而外足以感人者，意与境二者而已。上焉者，意与境浑，其次或以境胜，或以意胜，苟缺其一，不足以言文学。原夫文学之所以有意境者，以其能观也，出于观我者，意余于境；而出于观物者，境多于意。然非物无以见我，而观我之时，又自有我在。故二者常互相错综，能有所偏重，而不能有所偏废也。文学之工不工，亦视其意境之有无与其深浅而已。

自夫人不能观古之人之所观，而徒学古人之所作，于是始有伪文学。学者便之，相尚以辞，相习以模拟，遂不复知意境为何物，岂不悲哉。苟持此以观古人之词，则其得失可得而言焉：温韦之精艳，所以不如正中者，意境有深浅也。《珠玉》所逊《六一》，小山所以愧《淮海》

者，意境异也。美成晚出，始以辞采擅长，然终不失为北宋人之词者，有意境也。南宋词人之有意境者，唯一稼轩，然亦若不欲以意境胜。白石之词，气体雅健耳，至于意境，则去北宋人远甚。及梦窗玉田出，并不求诸气体，而惟文字之是务，于是词之道息矣。自元迄明，益以不振。至于国朝，而纳兰侍卫以天赋之才，崛起于方兴之族，其所为词，悲凉顽艳，独有得于意境之深，可谓豪杰之士，奋乎百世之下者矣。同时朱陈，既非劲敌；后世项蒋，尤难鼎足。至干嘉以降，审乎体格韵律之间者愈微，而意境之溢于字句之表者愈浅，岂非拘泥文字而不求诸意境之失欤？抑观我观物之事，自有天在，故难期诸流俗欤。余与静安均夙持此论。静安之为词，真能以意境胜。夫古人词之以意胜者莫若欧阳公，意境胜者莫若秦少游，至意境两浑，则唯太白、后主、正中数人足以当之。静安之词，大抵意深于欧，而境次于秦。至其合作，如甲稿《浣溪沙》之“天末同云”，《蝶恋花》之“昨夜梦中”，乙稿本《蝶恋花》之“百尺朱楼”等阕，皆意境两忘，物我一体，高蹈乎八荒之表，而抗心乎千秋之间，骎骎乎两汉之疆域广于三代，贞观之政治隆于武德矣。方之侍卫，岂徒伯仲？此固君所得于天者独深，抑岂非致力于意境之效也。

至君词之体裁，亦与五代北宋为近。然君词所以为五代北宋之词者，以其有意境在。若以其体裁故，而至遽指为五代北宋，此又君之不任受，固当与梦窗玉田之徒专事模拟者同类而笑之也。

光绪三十三年十月，山阴樊志厚叙。

（按：此甲乙二稿序，据赵万里君所撰静安先生年谱谓即出于先生自手，乃故意假托其友樊志厚者也。）

如梦令·点滴空阶

点滴空阶疏雨，迢递严城更鼓。睡浅梦初成，又被东风吹去。无据。无据，斜汉垂垂欲曙。

作于 1904 春。时在南通通州师范学校任教。

浣溪沙·路转峰回

路转峰回出画塘，一山枫叶背残阳，看来浑不似秋光。
隔座听歌人似玉，六街归骑月如霜，客中行乐只寻常。

作于 1904 年秋，赴苏州江苏师范学堂任教。

临江仙·过眼韶华

过眼韶华何处也？萧萧又是秋声。极天衰草暮云平，斜阳漏处，一塔枕孤城。

独立荒寒谁语，蓦回头宫阙峥嵘。红墙隔雾未分明，依依残照，独拥最高层。

作于 1904 年秋。

浣溪沙·草偃云低

草偃云低渐合围，雕弓声急马如飞，笑呼从骑载禽归。
万事不如身手好，一生须惜少年时，那能白首下书帷。

作于 1904 年秋。

浣溪沙·霜落千林

霜落千林木叶丹，远山如在有无间，经秋何事亦孱颜。
且向田家拚泥饮，聊从卜肆憩征鞍，只应游戏在尘寰。

作于 1904 年秋。

好事近·夜起倚危楼

夜起倚危楼，楼角玉绳低亚。唯有月明霜冷，浸万家鸳瓦。

人间何苦又悲秋，正是伤春罢。却向春风亭畔，数梧桐叶下。

作于 1904 年秋。

好事近·愁展翠罗衾

愁展翠罗衾，半是余温半泪。不辨坠欢新恨，是人间滋味。

几年相守郁金堂，草草浑闲事。独向西风林下，望红尘一骑。

作于1904年秋。

采桑子·高城鼓动

高城鼓动兰釭灺，睡也还醒，醉也还醒，忽听孤鸿三两声。

人生只似风前絮，欢也零星，悲也零星，都作连江点点萍。

作于1904年秋。

西河·垂柳里

垂柳里，兰舟当日曾系。千帆过尽，只伊人不随书至。怪渠道著我侬心，一般思妇游子。

昨宵梦，分明记：几回飞度烟水。西风吹断，伴灯花摇摇欲坠。宵深待到凤凰山，声声啼鴂催起。

锦书宛在怀袖底，人迢迢、紫塞千里。算是不曾相忆。倘有情、早合归来，休寄一纸无聊相思字。

当作于1904年秋。

摸鱼儿·秋柳

问断肠江南江北，年时如许春色。碧栏干外无边柳，舞落迟迟红日。长堤直，又道是、连朝寒雨送行客，烟笼数驿。剩今日天涯，衰条折尽，月落晓风急。

金城路，多少人间行役。当年风度曾识，北征司马今头白，唯有攀条沾臆。都狼藉。君不见、舞衣寸寸填沟洫。细腰谁惜。算只有多情、昏鸦点点，攒向断枝立。

当作于1904年秋。

蝶恋花·谁道人间

谁道人间秋已尽，衰柳毵毵，尚弄鹅黄影。落日疏林光炯炯，不辞立尽西楼暝。

万点栖鸦浑未定，潋滟金波，又幂青松顶。何处江南无此景，只愁没个闲人领。

作于 1904 年秋暮。

蝶恋花 · 独向沧浪

独向沧浪亭外路，六曲栏干，曲曲垂杨树。展尽鹅黄千万缕，月中并作濛濛雾。

一片流云无觅处，云里疏星，不共云流去。闭置小窗真自误，人间夜色还如许。

1905 年春作于苏州。

蝶恋花 · 谁道江南

谁道江南春事了。废苑朱藤，开尽无人到。高柳数行临古道，一藤红遍千枝杪。

冉冉赤云将绿绕。回首林间，无限斜阳好。若是春归归合早，余春只揽人怀抱。

1905 年春作于苏州。

水龙吟·杨花

开时不与人看，如何一霎濛濛坠。日长无绪，回廊小立，迷离情思。细雨池塘，斜阳院落，重门深闭。正参差欲住，轻衫掠处，又特地因风起。

花事阑珊到汝，更休寻满枝琼缀。算来只合，人间哀乐，者般零碎。一样飘零，宁为尘土，勿随流水。怕盈盈一片春江，都贮得离人泪。

1905 年春暮作于苏州。

鹧鸪天·列炬归来

列炬归来酒未醒，六街人静马蹄轻。月中薄雾漫漫白，桥外渔灯点点青。

从醉里，忆平生，可怜心事太峥嵘。更堪此夜西楼梦，摘得星辰满袖行。

1905 年春作于苏州。

清平乐·樱桃花底

樱桃花底，相见颓云髻。的的银釭无限意，消得和衣浓睡。

当时草草西窗，都成别后思量。遮莫天涯异日，转思今夜凄凉。

当为 1905 年在苏州之作。

点绛唇·万顷蓬壶

万顷蓬壶，梦中昨夜扁舟去。萦回岛屿，中有舟行路。

波上楼台，波底层层俯。何人住。断崖如锯。不见停桡处。

疑作于 1905 年 6 月自苏州返里途中。

点绛唇·高峡流云

高峡流云，人随飞鸟穿云去。数峰著雨。相对青无语。

岭上金光，岭下苍烟沍。人间曙，疏林平楚，历历来时路。

当作于 1905 年由苏州返里途经海宁峡山之时。

踏莎行·绝顶无云

绝顶无云，昨宵有雨，我来此地闻天语。疏钟暝直乱峰回，孤僧晓度寒溪去。

是处青山，前生俦侣，招邀尽入闲庭户。朝朝含笑复含颦，人间相媚争如许。

1905 年归家经峡山时作。

蝶恋花·阅尽天涯

阅尽天涯离别苦，不道归来，零落花如许。花底相看无一语，绿窗春与天俱莫。

待把相思灯下诉，一缕新欢，旧恨千千缕。最是人间留不住。朱颜辞镜花辞树。

1905 年夏作于海宁。

玉楼春·今年花事

今年花事垂垂过，明岁花开应更蝉。看花终古少年多，只恐少年非属我。

劝君莫厌金罍大，醉倒且拚花底卧。君看今日树头花，不是去年枝上朵。

1905 年夏作于海宁。

阮郎归·女贞花白

女贞花白草迷离，江南梅雨时。阴阴帘幕万家垂，穿帘双燕飞。

朱阁外，碧窗西，行人一舸归。清溪转处柳阴低，当窗人画眉。

1905 年夏作于海宁。

浣溪沙·天末同云

天末同云黯四垂，失行孤雁逆风飞，江湖寥落尔安归？陌上金丸看落羽，闺中素手试调醯，今宵欢宴胜平时。

1905 年作于海宁。

蝶恋花·辛苦钱塘

辛苦钱塘江上水，日日西流，日日东趋海。终古越山澒洞里，可能消得英雄气。

说与江潮应不至，潮落潮生，几换人间世。千载荒台麋鹿死，灵胥抱愤终何是。

1905 年作于海宁。

点绛唇·暗里追凉

暗里追凉，扁舟径掠垂杨过。湿萤光大，一一风前堕。

坐觉西南，紫电排云破。严城锁，高歌无和，万舫沉沉卧。

1905 年夏夜作。

浣溪沙·月底栖鸦

月底栖鸦当叶看。推窗跕跕堕枝间，霜高风定独凭栏。

为制新词髭尽断，偶听悲剧泪无端，可怜衣带为谁宽。

作于 1905 年秋。

少年游·垂杨门外

垂杨门外，疏灯影里，上马帽檐斜。紫陌霜浓，青松月冷，炬火散林鸦。

酒醒惊看西窗上，翠竹影交加。跌宕歌词，纵横书卷，不与遣年华。

1905 年秋作于苏州。

青玉案·姑苏台上

姑苏台上乌啼曙，剩霸业今如许。醉后不堪仍吊古，月中杨柳，水边楼阁，犹自教歌舞。

野花开遍真娘墓，绝代红颜委朝露。算是人生赢得处，千秋诗料，一抔黄土，十里寒蛩语。

1905 年秋作于苏州。

满庭芳·水抱孤城

水抱孤城，云开远戍，垂柳点点栖鸦。晚潮初落，残日漾平沙。白鸟悠悠自去，汀洲外、无限蒹葭。西风起，飞花如雪，冉冉去帆斜。

天涯，还忆旧，香尘随马，明月窥车。渐秋风镜里，暗换年华。纵使长条无恙，重来处、攀折堪嗟。人何许，朱楼一角，寂寞倚残霞。

1905 年秋作于苏州。

青玉案·江南秋色

江南秋色垂垂暮，算幽事、浑无数。日日沧浪亭畔路。西风林下，夕阳水际，独自寻诗去。

可怜愁与闲俱赴，待把尘劳截愁住。灯影幢幢天欲曙。闲中心事，忙中情味，并入西楼雨。

1905 年秋作于苏州。

浣溪沙·画舫离筵

画舫离筵乐未停，潇潇暮雨阖闾城，那堪还向曲中听。

只恨当时形影密，不关今日别离轻，梦回酒醒忆平生。

作于 1905 年 11 月，罗振玉以父丧辞江苏师范学堂监督事，静安不久亦辞职归里。

浣溪沙·才过苕溪

才过苕溪又霅溪，短松疏竹媚朝晖，去年此际远人归。

烧后更无千里草，雾中不隔万家鸡，风光浑异去年时。

作于1905年底。

贺新郎·月落飞乌鹊

月落飞乌鹊，更声声暗催残岁，城头寒柝。曾记年时游冶处，偏反一栏红药，和士女盈盈欢谑。眼底春光何处也？只极天野烧明山郭。侧身望，天地窄。

遣愁何计频商略，恨今宵书城空拥，愁城难落。陋室风多青灯炧，中有千秋魂魄，似诉尽人间纷浊。七尺微躯百年里，那能消今古闲哀乐？与胡蝶，蘧然觉。

作于1906年初。

人月圆·天公应自

天公应自嫌寥落，随意著幽花。月中霜里，数枝临水，水底横斜。

萧然四顾，疏林远渚，寂寞天涯。一声鹤唳，殷勤唤起，大地清华。

作于 1906 年初春。

卜算子·水仙

罗袜悄无尘，金屋浑难贮。月底溪边一晌看，便恐凌波去。

独自惜幽芳，不敢矜迟莫。却笑孤山万树梅，狼藉花如许。

作于 1906 年初春。

八声甘州

直青山缺处倚东南，万堞浸明湖。看片帆指处，参差宫阙，风展旌旟。向晚橹声渐数，萧瑟杂菰蒲。一骑严城去，灯火千衢。

不道繁华如许，又万家爆竹，隔院笙竽。叹沉沉人海，不与慰羁孤。剩终朝襟裾相对，纵委蛇，人已厌狂疏。呼灯且觅朱家去，痛饮屠苏。

当作于 1906 年春节。

浣溪沙·曾识卢家

曾识卢家玳瑁梁，觅巢新燕屡回翔，不堪重问郁金堂。
今雨相看非旧雨，故乡罕乐况他乡，人间何地著疏狂。

疑当作于1906年春节期间。

踏莎行·元夕

绰约衣裳，凄迷香麝，华灯素面光交射。天公倍放月婵娟，人间解与春游冶。

乌鹊无声，鱼龙不夜。九衢忙杀闲车马。归来落月挂西窗，邻鸡四起兰釭灺。

作于1906年2月8日。

蝶恋花·急景流年

急景流年真一箭。残雪声中，省识东风面。风里垂杨千万线，昨宵染就鹅黄浅。

又是廉纤春雨暗。倚遍危楼，高处人难见。已恨平芜随雁远，暝烟更界平芜断。

作于1906年初。

荷叶杯（六首）戏效花间体

手把金尊酒满，相劝。情极不能羞，乍调筝处又回眸。留摩留。留摩留。（其一）

矮纸数行草草，书到。总道苦相思，朱颜今日未应非。归摩归。归摩归。（其二）

无赖灯花又结，照别。床作一生拼，明朝此际客舟寒。欢摩欢。欢摩欢。（其三）

谁道闲愁如海，零碎。雨过一池沤，时时飞絮上帘钩。愁摩愁。愁摩愁。（其四）

昨夜绣衾孤拥，幽梦。一霎钿车尘，道旁依约见天人。真摩真。真摩真。（其五）

隐隐轻雷何处，将曙。隔牖见疏星，一庭芳树乱啼莺。醒摩醒。醒摩醒。（其六）

1906 年春，静安应罗振玉之邀入京。此组词当为别筵上劝酒的歌女而作。

浣溪沙·昨夜新看

昨夜新看北固山，今朝又上广陵船，金焦在眼苦难攀。

猛雨自随汀雁落，湿云常与暮鸦寒，人天相对作愁颜。

作于 1906 年 2 月间。

鹊桥仙·沉沉戍鼓

沉沉戍鼓，萧萧厩马，起视霜华满地。猛然记得别伊时，正今夕邮亭天气。

北征车辙，南征归梦，知是调停无计。人间事事不堪凭，但除却无凭两字。

作于1906年2月北上途中。

鹊桥仙·绣衾初展

绣衾初展，银釭旋剔，不尽灯前欢语。人间岁岁似今宵，便胜却貂蝉无数。

霎时送远，经年怨别，镜里朱颜难驻。封侯觅得也寻常，何况是封侯无据。

作于1906年2月北上途中。

减字木兰花·皋兰被径

皋兰被径，月底栏干闲独凭。修竹娟娟，风里时闻响佩环。

蓦然深省，起踏中庭千个影。依旧人间，一梦钧天只惘然。

作于1906年。

鹧鸪天·阁道风飘

阁道风飘五丈旗，层楼突兀与云齐。空余明月连钱列，不照红葩倒井披。

频摸索，且攀跻。千门万户是耶非。人间总是堪疑处，唯有兹疑不可疑。

此词疑为1906年春初抵北京时作。

浣溪沙·夜永衾寒

夜永衾寒梦不成，当轩减尽半天星，带霜宫阙日初升。

客里欢娱和睡减，年来哀乐与词增，更缘何物遣孤灯。

1906年春初在京作。

蝶恋花·窣地重帘

窣地重帘围画省，帘外红墙，高与银河并。开尽隔墙桃与杏，人间望眼何由骋。

举首忽惊明月冷，月里依稀，认得山河影。问取嫦娥浑未肯，相携素手层楼顶。

作于1906年春。

浣溪沙·舟逐清溪

舟逐清溪弯复弯，垂杨开处见青山。毵毵绿发覆烟鬟。

夹岸莺花迟日里，归船箫鼓夕阳间。一生难得是春闲。

作于1906年春。

临江仙·闻说金微

闻说金微郎戍处，昨宵梦向金微。不知今又过辽西，千屯沙上暗，万骑月中嘶。

郎似梅花侬似叶，朅来手抚空枝。可怜开谢不同时，漫言花落早，只是叶生迟。

作于1906年。

南歌子·又是乌西匿

又是乌西匿，初看雁北翔。好与报檀郎，春来宵渐短，莫思量。

作于1906年春。

蝶恋花·窈窕燕姬

窈窕燕姬年十五，惯曳长裙，不作纤纤步。众里嫣然通一顾，人间颜色如尘土。

一树亭亭花乍吐，除却天然，欲赠浑无语。当面吴娘夸善舞，可怜总被腰肢误。

作于1906年春。

玉楼春·西园花落

西园花落深堪扫，过眼韶华真草草。开时寂寂尚无人，今日偏嗔摇落早。

昨朝却走西山道，花事山中浑未了。数峰和雨对斜阳，十里杜鹃红似烧。

1906年春作于北京。

蝶恋花·莫斗婵娟

莫斗婵娟弓样月，只坐蛾眉，消得千谣诼。臂上宫砂那不灭。古来积毁能销骨。

手把齐纨相决绝，懒祝秋风，再使人间热。镜里朱颜犹未歇。不辞自媚朝和夕。

疑作于1906年初春。

阮郎归·美人消息

美人消息隔重关，川途弯复弯。沉沉空翠压征鞍，马前山复山。

浓泼黛，缓拖鬟，当年看复看。只余眉样在人间，相逢艰复艰。

作于1906年春。

蝶恋花·昨夜梦中

昨夜梦中多少恨，细马香车，两两行相近。对面似怜人瘦损，众中不惜搴帷问。

陌上轻雷听隐辚，梦里难从，觉后那堪讯。蜡泪窗前堆一寸，人间只有相思分。

当作于1906年春。

浣溪沙·七月西风

七月西风动地吹，黄埃和叶满城飞，征人一日换缁衣。
金马岂真堪避世，海鸥应是未忘机，故人今有问归期。

当作于1906年春初到北京之时。

浣溪沙·六郡良家

六郡良家最少年，戎装骏马照山川，闲抛金弹落飞鸢。
何处高楼无可醉，谁家红袖不相怜，人间那信有华颠。

作于1906年。

浣溪沙·城郭秋生

城郭秋生一夜凉，独骑瘦马傍宫墙，参差霜阙带朝阳。

旋解冻痕生绿雾，倒涵高树作金光，人间夜色尚苍苍。

1906年秋作于北京。

点绛唇·厚地高天

厚地高天，侧身颇觉平生左。小斋如舸，自许回旋可。聊复浮生，得此须臾我。乾坤大，霜林独坐，红叶纷纷堕。

作于1906年秋。

扫花游·疏林挂日

疏林挂日，正雾淡烟收，苍然平楚。绕林细路，听沉沉落叶，玉骢踏去。背日丹枫，到眼秋光如许。正延伫，便一片飞来，说与迟暮。

欢事难再溯，是载酒携柑，旧曾游处。清歌未住，又黄鹂趁拍，飞花入俎。今日重来，除是斜晖如故。隐高树，有寒鸦、相呼俦侣。

作于1906年秋。

蝶恋花·满地霜华

满地霜华浓似雪，人语西风，瘦马嘶残月。一曲阳关浑未彻，车声渐共歌声咽。

换尽天涯芳草色，陌上深深，依旧年时辙。自是浮生无可说。人间第一耽离别。

作于 1906 年秋。

蝶恋花·陡觉宵来

陡觉宵来情绪恶，新月生时，黯黯伤离索。此夜清光浑似昨，不辞自下深深幕。

何物尊前哀与乐。已坠前欢，无据他年约。几度灯花开又落，人间须信思量错。

作于 1906 年秋。

浣溪沙·乍向西邻

乍向西邻斗草过，药栏红日尚婆娑，一春只遣睡消磨。

发为沉酣从委枕，脸缘微笑渐生涡，这回好梦莫惊他。

当作于 1907 年春在海宁闲居之时。

浣溪沙·本事新词

本事新词定有无，斜行小草字模糊，灯前肠断为谁书。
隐几窥君新制作，背灯数妾旧欢娱，区区情事总难符。

1907 年春作于海宁。

虞美人·犀比六博

犀比六博消长昼，五白惊呼骤。不须辛苦问亏成，一霎尊前了了见浮生。

笙歌散后人微倦，归路风吹面。西窗落月荡花枝，又是人间酒醒梦回时。

作于 1907 年春。

应天长·紫骝却照

紫骝却照春波绿，波上荡舟人似玉。似相知，羞相逐，一晌低头犹送目。

鬓云欹，眉黛蹙，应恨这番匆促。恼一时心曲，手中双桨速。

作于 1907 年春。

菩萨蛮·红楼遥隔

红楼遥隔廉纤雨，沉沉暝色笼高树。树影到依窗。君家灯火光。

风枝和影弄，似妾西窗梦。梦醒即天涯，打窗闻落花。

作于 1907 年春暮。

浣溪沙·掩卷平生

掩卷平生有百端，饱更忧患转冥顽。偶听鹈鴂怨春残。

坐觉亡何消白日，更缘随例弄丹铅。闲愁无分况清欢。

作于 1907 年春暮。

清平乐·垂杨深院

垂杨深院，院落双飞燕。翠幕银灯春不浅，记得那时初见。

眼波靥晕微流，尊前却按凉州。拚取一生肠断，消他几度回眸。

作于 1907 年春暮。

浣溪沙·花影闲窗

花影闲窗压几重，连环新解玉玲珑，日长无事等匆匆。
静听班骓深巷里，坐看飞鸟镜屏中，乍梳云髻那时松。

作于1907年春暮。

浣溪沙·爱棹扁舟

爱棹扁舟傍岸行，红妆素萏斗轻盈，脸边舷外晚霞明。
为惜花香停短棹，戏窥鬓影拨流萍，玉钗斜立小蜻蜓。

作于1907年。

虞美人·金鞭朱弹

金鞭朱弹嬉春日，门户初相识。未能羞涩但娇痴，却立风前散发衬凝脂。

近来瞥见都无语，但觉双眉聚。不知何日始工愁，记取那回花下一低头。

1907年作于海宁。

点绛唇·波逐流云

波逐流云，棹歌袅袅凌波去。数声和橹，远入蒹葭浦。

落日中流，几点闲鸥鹭。低飞处，菰蒲无数，瑟瑟风前语。

1907年春作于海宁。

蝶恋花·春到临春

春到临春花正妩，迟日阑干，蜂蝶飞无数。谁遣一春抛却去，马蹄日日章台路。

几度寻春春不遇，不见春来，那识春归处。斜日晚风杨柳渚，马头何处无飞絮。

1907年春作于海宁。

蝶恋花·袅袅鞭丝

袅袅鞭丝冲落絮，归去临春，试问春何许。小阁重帘天易暮，隔帘阵阵飞红雨。

刻意伤春谁与诉，闷拥罗衾，动作经旬度。已恨年华留不住，争知恨里年华去。

1907 年春作于海宁。

蝶恋花·窗外绿阴

窗外绿阴添几许，剩有朱樱，尚系残春住。老尽莺雏无一语，飞来衔得樱桃去。

坐看画梁双燕乳，燕语呢喃，似惜人迟暮。自是思量渠不与，人间总被思量误。

1907 年春作于海宁。

点绛唇·屏却相思

屏却相思，近来知道都无益。不成抛掷，梦里终相觅。

醒后楼台，与梦俱明灭。西窗白，纷纷凉月，一院丁香雪。

1907 年春作于海宁。

祝英台近·月初残

月初残，门小掩，看上大堤去。徒御喧阗，行子黯无语。为谁收拾离颜，一腔红泪，各留向孤衾偷注。

马蹄驻，但觉怨慕悲凉，条风过平楚。树上啼鹃，又诉岁华暮。思量只有人间，年年征路，纵有恨都无啼处。

当作于 1907 年春，离海宁北上之时。

清平乐·斜行淡墨

斜行淡墨，袖得伊书迹。满纸相思容易说，只爱年年离别。

罗衾独拥黄昏，春来几点啼痕。厚薄但观妾命，浅深莫问君恩。

当作于 1907 年春暮。

减字木兰花·乱山四倚

乱山四倚，人马崎岖行井底。路逐峰旋，斜日杏花明一山。

销沉就里，终古兴亡离别意。依旧年年，迤逦骡纲度上关。

作于 1907 年春暮。

蝶恋花·冉冉蘅皋

冉冉蘅皋春又暮。千里生还，一诀成终古。自是精魂先魄去。凄凉病榻无多语。

往事悠悠容细数。见说来生，只恐来生误。纵使兹盟终不负。那时能记今生否。

作于 1907 年夏，夫人莫氏卒，为悼亡之作。

菩萨蛮·高楼直挽

高楼直挽银河住，当时曾笑牵牛处。今夕渡河津，牵牛应笑人。

桐梢垂露脚，梢上惊乌掠。灯焰不成青，绿窗纱半明。

作于 1907 年 8 月 15 日。

鹧鸪天·楼外秋千

楼外秋千索尚悬，霜高素月慢流天。倾残玉碗难成醉，滴尽铜壶不解眠。

人寂寂，夜厌厌，北窗情味似枯禅。不缘此夜金闺梦，那信人间尚少年。

当作于1907年秋。

蝶恋花·忆挂孤帆

忆挂孤帆东海畔，咫尺神山，海上年年见。几度天风吹棹转，望中楼阁阴晴变。

金阙荒凉瑶草短，到得蓬莱，又值蓬莱浅。只恐飞尘沧海满，人间精卫知何限。

作于1907年秋。

喜迁莺·秋雨霁

秋雨霁，晚烟拖，宫阙与云摩。片云流月入明河。鸡鹊散金波。

宜春院，披香殿，雾里梧桐一片。华灯簇处动笙歌。复道属车过。

作于 1907 年秋。

齐天乐·天涯已是

天涯已自悲秋极，何须更闻虫语。乍响瑶阶，旋穿绣闼，更入画屏深处。喁喁似诉。有几许哀丝，佐伊机杼。一夜东堂，暗抽离恨万千绪。

空庭相和秋雨，又南城罢柝，西院停杵。试问王孙，苍茫岁晚，那有闲愁无数。宵深谩与。怕梦稳春酣，万家儿女，不识孤吟，劳人床下苦。

作于 1907 年秋。

蝶恋花·帘幕深深

帘幕深深香雾重，四照朱颜，银烛光浮动。一霎新欢千万种，人间今夜浑如梦。

小语灯前和目送，密意芳心，不放罗帏空。看取博山闲袅风，濛濛一气双烟共。

作于 1907 年。

蝶恋花·手剔银灯

手剔银灯惊灶短，拥髻无言，脉脉生清怨。此恨今宵争得浅，思量旧日深恩遍。

月影移帘风过院，待到归来，传尽中宫箭。故拥绣衾遮素面，赚他醉里频频唤。

作于 1907 年秋。

蝶恋花·黯淡灯花

黯淡灯花开又落，此夜云踪，究向谁边著。频弄玉钗思旧约，知君未忍浑抛却。

妾意苦专君苦博，君似朝阳，妾似倾阳藿。但与百花相斗作，君恩妾命原非薄。

作于 1907 年秋。

虞美人·碧苔深锁

碧苔深锁长门路，总为蛾眉误。自来积毁骨能销，何况真红一点臂砂娇。

妾身但使分明在，肯把朱颜悔。从今不复梦承恩，且自簪花坐赏镜中人。

作于 1907 年秋。

蝶恋花·百尺朱楼

百尺朱楼临大道，楼外轻雷，不间昏和晓。独倚阑干人窈窕，闲中数尽行人小。

一霎车尘生树杪，陌上楼头，都向尘中老。薄晚西风吹雨到，明朝又是伤流潦。

作于 1907 年秋。

蝶恋花·连岭去天

连岭去天知几尺，岭上秦关，关上元时阙。谁信京华尘里客，独来绝塞看明月。

如此高寒真欲绝，眼底千山，一半溶溶白。小立西风吹素帻，人间几度生华发。

1907 年秋作于北京。

浣溪沙·似水轻纱

似水轻纱不隔香，金波初转小回廊，离离丛菊已深黄。
尽撤华灯招素月，更缘人面发花光，人间何处有严霜。

作于1907年秋。

蝶恋花·翠幕轻寒

翠幕轻寒无著处，好梦初回，枕上惺忪语。残夜小楼浑欲曙，四山积雪明如许。

莫遣良辰闲过去，起瀹龙团，对雪烹肥羜。此景人间殊不负，檐前冻雀还知否。

当作于1907年初冬。

浣溪沙·漫作年时

漫作年时别泪看，西窗蜡炬尚汍澜，不堪重梦十年间。
斗柄又垂天直北，客愁坐逼岁将阑，更无人解忆长安。

当作于1907年冬。

谒金门·孤檠侧

孤檠侧，诉尽十年踪迹。残夜银釭无气力，绿窗寒恻恻。

落叶瑶阶狼藉，高树露华凝碧。露点声疏人语密，旧欢无处觅。

作于1907年冬。

苏幕遮·倦凭栏

倦凭栏，低拥髻；丰颊修眉，犹是年时意。昨夜西窗残梦里，一霎幽欢，不似人间世。

恨来迟，防醒易；梦里惊疑，何况醒时际。凉月满窗人不寐，香印成灰，总作回肠字。

1907年冬作于北京。

菩萨蛮·玉盘寸断

玉盘寸断葱芽嫩，鸾刀细割羊肩进。不敢厌腥臊，缘君亲手调。

红炉赪素面，醉把貂裘缓。归路有余狂，天街宵踏霜。

当作于 1907 年冬。

蝶恋花·落落盘根

落落盘根真得地，涧畔双松，相背呈奇态。势欲拚飞终复坠，苍龙下饮东溪水。

溪上平冈千叠翠，万树亭亭，争作拏云势。总为自家生意遂，人间爱道为渠媚。

作于 1908 年。

虞美人·杜鹃千里

杜鹃千里啼春晚，故国春心断。海门空阔月皑皑，依旧素车白马夜潮来。

山川城郭都非故，恩怨须臾误。人间孤愤最难平，消得几回潮落又潮生。

当作于 1908 年春暮。

浣溪沙·已落芙蓉

已落芙蓉并叶凋，半枯萧艾过墙高，日斜孤馆易魂消。
坐觉清秋归荡荡，眼看白日去昭昭，人间争度渐长宵。

1908 年秋作于北京。

蝶恋花·月到东南

月到东南秋正半，双阙中间，浩荡流银汉。谁起水精帘下看，风前隐隐闻箫管。

凉露湿衣风拂面，坐爱清光，分照恩和怨。苑柳宫槐浑一片，长门西去昭阳殿。

作于 1908 年秋。

菩萨蛮·回廊小立

回廊小立秋将半，婆娑树影当阶乱。高树是东家，月华笼露华。

碧阑干十二，都作回肠字。独有倚阑人，断肠君不闻。

作于 1908 年秋。

菩萨蛮·西风水上

西风水上摇征梦，舟轻不碍孤帆重。江阔树冥冥，荒鸡叫雾醒。

舟穿妆阁底，楼上佳人起。蓦入欲通辞，数声柔橹枝。

当作于 1908 年秋。

醉落魄·柳烟淡薄

柳烟淡薄，月中闲杀秋千索。踏青挑菜都过却，陡忆今朝，又失湔裙约。

落红一阵飘帘幕，隔帘错怨东风恶。披衣小立阑干角，摇荡花枝，哑哑南飞鹊。

作于 1909 年春。

鹧鸪天·庚戌除夕和吴伯宛舍人

绛蜡红梅竞作花，客中惊又度年华。离离长柄垂天斗，隐隐轻雷隔巷车。

斟醁醑，和尖叉，新词飞寄舍人家。可将平日丝纶手，系取今宵赴壑蛇。

作于1911年1月29日。

百字令·戊午题孙隘庵南窗寄傲图

楚灵均后，数柴桑、第一伤心人物。招屈亭前千古水，流向浔阳百折。夷叔西陵，山阳下国，此恨那堪说。寂寥千载，有人同此伊郁。

堪叹招隐图成，赤明龙汉，小劫须臾阅。试与披图寻甲子，尚记义熙年月。归鸟心期，孤云身世，容易成华发。乔松无恙，素心还问霜杰。

作于1918年。

霜花腴·己未用梦窗韵补寿侍郎

海滑倦客，是赤明延康，旧日衣冠。坡老黎村，冬郎闽峤，中年陶写应难。醉乡尽宽。更紫萸黄菊尊前。剩沧江梦绕觚棱，斗边槎外恨高寒。

回首凤城花事，便玉河烟柳，总带栖蝉。写艳霜边，疏芳篱下，消磨十样蛮笺。载将画船，荡素波凉月娟娟。

倩郦泉与驻秋容，重来扶醉看。

作于1919年，时静安寓居上海。

清平乐·况夔笙太守索题《香南雅集图》

蕙兰同畹，著意春光转。劫后芳华仍畹晚，得似凤城初见。

旧人惟有何戡，玉宸宫调曾谙。肠断杜陵诗句，落花时节江南。

作于1920年，应况蕙风之邀，纪梅兰芳上海演出。